KB275819

동물농장

동물농장

초판 1쇄 발행 2017년 3월 15일

지은이 조지 오웰
옮긴이 김옥수
펴낸이 김소연

펴낸곳 비꽃
등록 2013년 7월 18일 제2013-000013호
주소 서울 강북구 삼양로 16길 12-11
이메일 rain__flower@daum.net 전화 02)6080-7287 팩스 070-4118-7287
홈페이지 www.rainflower.co.kr

ISBN 979-11-85393-29-2 04840
　　　979-11-85393-19-3 (세트번호)

이 도서의 국립중앙도서관 출판시도서목록(CIP)은 서지정보유통지원시스템 홈페이지
(http://seoji.nl.go.kr)와 국가자료공동목록시스템(http://www.nl.go.kr/kolisnet)
에서 이용할 수 있습니다.
(CIP제어번호: CIP2017006320)

값 7,000원

조지 오웰

동물농장

김옥수 옮김

비꽃

이 책은 Penguin Books Modern Classics 1987년 판본을 참고했다.

▮차례

I

중세 영지 농장주 존스는 밤이 되자 닭장 문을 모두 잠그다가, 술에 잔뜩 취한 나머지, 여기저기에 뚫린 구멍까지 막아야 한다는 사실을 깜박했다. 그리고 등잔불 동그란 불빛을 흔들며 마당을 비틀비틀 가로지르다가 뒷문에서 발을 휘저어 장화를 냅다 벗어 던지고 주방 싱크대 맥주 통에서 마지막으로 맥주 한 잔을 더 들이켜고 침실로 올라가는데, 부인은 벌써 코를 골아댔다.

침실에서 불이 꺼지자마자 갑자기 축사 전체가 들썩이며 급하게 돌아갔다. 메이저 영감이, 품평회에서 입상한 하얀색 중형 요크셔 수퇘지가, 전날 밤에 이상한 꿈을 꾸고 농장 동물들에게 꿈 이야기를 알려준다는 소문이 낮 동안 끊임없이 돌았기 때문이다. 그래서 주인 존스가 잠자리에 들자마자 널찍한 헛간으로 모두 모이자고 약속한 것이다. 메이저 영감은 (품평회에 나갈 당시에는 지역 이름을 따서

'월링던 뷰티'라는 이름을 사용했지만, 지금은 메이저 영감이라고 부르는데) 농장에서 상당히 존경받는 동물이라, 영감이 하는 이야기를 듣는 거라면 잠을 한 시간 정도 덜 자는 건 누구든 기꺼이 감수할 수 있었다.

커다란 헛간 한쪽 끝에는 바닥을 연단처럼 돋운 지점이 있는데 메이저 영감은 거기에 밀짚을 잔뜩 쌓아서 침상을 만들어 편하게 앉고, 머리 위 기둥에는 호롱불까지 걸렸다. 영감은 열두 살로 최근에 살이 뚱뚱하게 불었지만 여전히 위풍당당한 풍모를 자랑하고, 송곳니를 자른 적이 없는데도 지혜롭고 너그럽게 보였다. 이윽고 다른 동물이 하나둘 도착하더니 다양한 자세로 편하게 자리 잡았다. 처음에는 초롱꽃, 제시, 집게라는 개 세 마리가 도착하고, 뒤이어 돼지 무리가 들어오며 연단 바로 앞 짚더미에 앉았다.

암탉 무리는 창문틀에 걸터앉고, 비둘기 무리는 날개를 퍼덕이며 서까래에 내려앉고, 양 떼와 소 떼는 돼지 바로 뒤편에 앉아서 되새김질을 시작했다. 이윽고 수레를 끄는 복서와 클로버가 행여나 짚더미에 가린 조그만 동물을 밟지나 않을까 조심스레 천천히 들어와서 털이 덥수룩하고 거대한 발굽을 조심스럽게 끓었다. 클로버는 몸이 튼튼하고 상냥한 암말로 중년이 다 됐는데, 망아지 네 마리를 낳고서 몸매가 망가졌다. 하지만 복서는 키가 이 미터에 달하는 거대한 수말로 평범한 말 두 마리를 합친 만큼이나 힘이 셌다. 하얀 줄무늬가 콧등으로 뻗어나가서 다소 어수룩하게 보이고 실제로 머리가 좋은 편도 아니지만, 힘이 엄청나고 성실해서 모두 존경했다.

이어서 하얀 염소 뮤리엘과 당나귀 벤자민이 들어왔다. 벤자민은 농장에서 나이가 제일 많은 동물인 데다 성질도 제일 고약했다. 남과 대화하는 법이 좀처럼 없는데, 행여나 입을 열기라도 하면 냉소적인 내용이 주로 흘러나왔다. 가령, 신은 자신에게 파리를 쫓으라고 꼬리를 주었는데 차라리 꼬리도 파리도 안 주는 편이 훨씬 좋았을 거라는 식이다. 농장에 있는 수많은 동물과 달리 벤자민 혼자만 웃는 법도 없었다. 이유를 물으면 웃을 일이 하나도 없다고 대꾸할 뿐이다. 겉으로 인정을 않지만 그래도 복서한테는 정말 잘했다. 일요일이 되면 서로 말은 안 해도 과수원 뒤편 조그만 방목장으로 가서 나란히 풀을 뜯어먹으며 시간을 보낼 정도다.

복서와 클로버가 자리를 잡으며 이제 막 앉는 순간, 어미를 잃은 새끼오리가 헛간으로 줄지어 들어와서 가느다란 소리로 꽥꽥거리며 발에 안 밟힐 자리를 찾아 이리저리 서성거렸다. 클로버가 거대한 앞발로 둘레를 감싸며 울타리를 만들어 주자, 새끼오리 무리는 편하게 자리 잡더니 금세 잠들었다. 마지막 순간에 몰리가, 주인 존스의 이륜마차를 끄는 하얀 암말로 예쁘지만 아둔한 몰리가, 각설탕을 우적우적 씹고 점잔빼며 우아하게 들어왔다. 그래서 앞쪽에 자리를 잡으며 하얀 갈기를 이리저리 흔들어, 갈기에 땋아서 밑으로 늘어뜨린 빨간 리본을 자랑했다. 마지막으로 등장한 건 고양인데, 평소와 마찬가지로 가장 따뜻한 곳을 찾아 주위를 둘러보더니 결국에는 복서와 클로버 사이로 비집고 들어갔다. 그러더니 메이저 영감이 연설하는 내내 무슨 내용인지 조금도 안 듣고 만족스럽다는 듯 가르랑거렸다.

길든 까마귀 모세만 뒷문 뒤편 횃대에서 잠자느라 빠지고, 다른 동물은 모두 모였다. 메이저 영감은 모든 동물이 편하게 자리 잡고 앉아서 차분하게 기다린다는 사실을 깨닫고 마침내 목청을 가다듬으며 연설을 시작했다.

"동지 여러분, 내가 간밤에 이상한 꿈을 꾸었다는 이야기는 들었을 것이요. 하지만 꿈 이야기는 나중에 하겠소. 그보다 먼저 말할 게 있소 동지 여러분, 내가 여러분과 함께 지낼 시간은 이제 얼마 안 남은 것 같으니, 죽기 전에 내가 터득한 지혜를 여러분에게 전해야 할 것 같소. 지금까지 살 만큼 살면서 축사 한 칸을 오롯이 차지하고 여러 생각에 오랫동안 빠져들다 보니, 현존하는 모든 동물의 본질은 물론 이 땅에서 살아가는 본질에 대해서도 충분히 깨달았다고 자부하오. 바로 그 내용을 지금 이 자리에서 여러분에게 알려주고 싶소.

동지 여러분, 지금 우리는 어떻게 살아갑니까? 현실을 직시하시오. 우리는 비참하고 고통스럽게 살다가 죽어가오. 우리가 세상에 태어나서 먹는 음식이라곤 목숨을 간신히 유지할 정도에 불과하고, 그래서 숨이나마 간신히 붙어있는 동물은 마지막 기력까지 짜내며 일해야 하오. 그러다가 쓸모가 사라지는 즉시 끔찍하고 잔인하게 도살당하오. 우리나라 동물 가운데 한 살이 지난 다음에도 여가를 즐기면서 행복하게 사는 동물은 하나도 없소. 우리나라 동물 누구도 자유가 없소. 동물은 노예처럼 비참하게 산다는 사실, 이건 누구도 부정할 수 없는 현실이오.

그렇다면 동물은 이렇게 살 수밖에 없는 걸까요? 이 땅이 너무나 척박해서 우리가 안락하게 살아갈 수 없는 걸까요? 아니요, 동지 여러분, 절대 그렇지 않소! 우리가 사는 땅은 비옥하고 날씨도 좋아서 지금보다 훨씬 많은 동물이 훨씬 풍족한 식량을 먹으며 살아갈 수 있소. 우리가 사는 농장만 해도 말 열 필에다 젖소 스무 마리, 양 수백 마리는 충분히 건사할 수 있소. 상상할 수 없을 정도로 편하고 품위 있게 말이오. 그런데도 우리가 이렇게 비참하게 살아가는 이유는 무얼까요? 바로 우리가 열심히 일해서 생산한 식량을 인간이 모조리 훔쳐가기 때문이오. 바로 여기에 우리가 풀어야 할 답이 있소. 한마디로 요약한다면, 동지 여러분, 그건 바로 인간이오. 인간은 우리를 억압하고 착취하는 원수요. 인간을 농장에서 몰아낸다면 우리는 힘들게 일해도 굶주리는 근원을 영원히 제거할 수 있소.

인간은 만드는 것 하나 없이 소비만 하는 유일한 존재요. 인간은 우유도 못 만들고, 인간은 알도 못 낳고, 인간은 힘이 없어서 쟁기도 못 끌고, 인간은 토끼를 잡을 만큼 빨리 달릴 수도 없소. 그런데도 모든 동물을 지배하오. 인간은 동물을 부려 먹고, 인간은 동물이 굶어 죽지 않을 정도만 먹을 걸 돌려주고, 나머지는 자기네가 전부 가져가오. 땅을 힘들여서 경작하는 건 우리고 땅을 비옥하게 만드는 건 우리 똥인데, 우리에게 남은 거라곤 몸뚱이 하나밖에 없소. 앞자리에 앉은 젖소 여러분! 여러분은 지난 한 해 동안 얼마나 많은 우유를 짜냈소? 송아지를 튼튼하게 키우는 데 사용해야 할 그 많은 우유는 대체 어디로 갔소? 한 방울도 남김없이 모조리 원수 놈들 목구멍으로 들어갔소. 그리고 암탉 동지 여러분! 여러분은 지난 한 해 동안 얼마나 많은 달걀을 낳았으며 그 가운데 병아리로 부화한 건 과연 얼마나 되오? 존스 일당이 시장에 대부분 내다 팔고 돈을 챙겼소. 그리고 당신, 클로버, 당신이 낳은 망아지 네 마리는, 당신이 나이 든 다음에 의지하며 살아갈 자식은 모두 어디로 갔소? 생후 일 년이 되자마자 모두 팔려나가서 두 번 다시 볼 수 없소. 그런데 망아지를 넷이나 낳고 들판에서 고되게 일한 대가로 당신이 받은 거라곤 약간의 식량과 마구간 말고 무엇이 있소?

그런데 이렇게 비참한 삶조차 우리는 타고난 수명대로 누릴 수 없소. 나야 운이 좋은 편이니 투덜댈 게 없지요. 십 이년이나 산 데다 자손도 사백 마리 넘게 보았으니 말이오. 이건 돼지가 살아가는 독특한 방식이라오. 하지만 결국엔 어떤 돼지든 무시무시한 칼부림을 당해야 하오. 제일 앞에 앉은 젊은 돼지 여러분! 여러분은 누구 할 것 없이 일 년 안에 비명을 지르며 죽어가야 하오. 우리 모두 그런 공포를 겪어야 하오. 젖소도 돼지도 닭도 양도, 말이나 개 동지도 다를 건 없소. 자네, 복서, 멋진 근육이 힘을 잃는 순간, 존스는 자네를 팔고 도살업자는 자네 목을 잘라 물에 넣고 펄펄 끓여서 사냥개 먹이로 줄 거야. 개 동지 여러분도 마찬가진데, 여러분이 늙어서 이가 모두 빠지면 존스는 여러분 목에 벽돌을 묶어서 근처 연못에 수장할 것이오.

그렇다면 동지 여러분, 우리가 끔찍하게 사는 건 인간 독재 때문이란 사실이 분명하게 드러나지 않소? 인간만 제거하면 우리가 힘들게 일한 대가 역시 오롯이 우리가 누릴 수 있소. 하룻밤 사이에 우리 모두 자유롭고 윤택하게 살 수 있단 말이오. 그러려면 우리는 어떻게 해야 하겠소? 밤낮 할 것 없이 몸과 마음을 다 바쳐서 인간을 몰아내도록 힘써야 하오! 반역! 바로 이것이 내가 전하고 싶은 내용이오, 동지 여러분. 그날이 언제 찾아올지 나는 모르오. 일주일 만에 올 수도 있고 백 년 뒤에나 올 수도 있소. 하지만 머지않아 정의가 이루어질 거란 사실 하나는 발밑에 있는 지푸라기만큼이나 확실하오. 동지 여러분, 짧은 생애를 살아가는 동안 그날이 오는 징후를 파악하도록 노력하시오! 무엇보다 중요한 건 내가 말한 내용을 후손에게 전달해, 다음 세대 역시 승리하는 그날까지 계속 투쟁하는 것이오.

명심하시오, 동지 여러분. 굳은 결의를 다져서 절대 흔들리지 말아야 하오. 어떤 꼬임에도 넘어가면 안 되오. 인간과 동물은 한 배를 탔다는 말에, 인간이 번영해야 동물도 번영할 수 있다는 감언이설에 절대 빠져들지 마시오. 모조리 거짓말이오. 인간은 자기네 이익만 따질 줄 알지 우리 이익에는 아무런 관심도 없소. 그러니 모든 동물은 완벽하게 일치단결하고 완벽한 동지애를 쌓아가며 투쟁해야 하오. 인간은 누구나 적이며 동물은 누구나 동지요."

바로 이 순간에 커다란 소동이 일어났다. 메이저 영감이 연설하는 동안 커다란 쥐 네 마리가 구멍을 기어 나와 엉거주춤 앉아서 들었다. 그런데 개들이 발견하고 갑자기 달려드는 순간에 구멍으로 일제히 피해서 간신히 목숨을 부지한 것이다. 메이저 영감이 앞발을 들어서 소동을 가라앉히며 계속 말했다.

"동지 여러분, 우리가 짚고 넘어갈 게 하나 있소. 쥐나 토끼 같은 야생동물은 우리 친구요, 적이요? 투표로 결정합시다. 오늘 모임에서 안건으로 상정하겠소. 쥐는 우리 동지요?"

곧바로 투표하고, 압도적인 다수는 쥐를 동지로 인정했다. 반대표는 네 표에 불과한데, 개 세 마리와 고양이 한 마리였다. 그런데 고양이는 양쪽 모두에 투표한 사실이 드러났다. 메이저 영감이 뒤이어 말했다.

"여러분에게 더는 말할 게 없소. 다시 반복하는데 여러분은 인간에게, 인간이 살아가는 모든 방식에, 끊임없이 분노할 의무가 있다는 사실을 명심하시오. 두 발로 걷는 건 누구든 적이오. 네 발로 걷거나 날개가 달린 건 누구든 친구요. 우리가 인간에 맞서서 투쟁하는 사이에 인간을 닮아가면 절대로 안 된다는 사실을 명심하시오. 인간을 정복한 다음에도 인간의 사악한 방식을 받아들이지 마시오. 동물은 집에서 살아도, 침대에서 잠자도, 옷을 입어도, 술을 마셔도, 담배를 피워도, 돈을 만져도, 물건을 팔아도 안 되오. 인간이 살아가는 방식은 무엇이든 사악하오. 무엇보다 중요한 건 어떤 동물도 다른 동물 위에 군림하면 안 된다는 사실이오. 약하건 강하건, 영리하건 단순하건, 우리는 모두 형제요. 그러니 어떤 동물도 다른 동물을 해치지 말아야 하오. 동물은 누구나 평등하오.

그럼 이제부터, 동지 여러분, 지난밤에 꾼 꿈을 이야기하겠소. 내가 꿈에서 본 건 인간이 사라진 다음에 이 땅이 새롭게 변한 모습인데, 안타깝게도 여러분에게 생생하게 묘사할 수 없구려. 하지만 꿈 덕분에 오랫동안 잊고 지내던 기억이 하나 떠올랐소. 오래전, 내가 어린 돼지일 때, 어머니가 다른 암퇘지들과 옛날 노래 하나를 즐겨 불렀는데, 그분들이 아는 거라곤 노랫가락과 첫 가사 세 마디가 전부였소. 그래서 나는 어린 시절에 노랫가락을 배웠지만 오랜 세월이 지나는 동안 까마득히 잊었소. 그런데 지난밤 꿈속에서 노랫가락이 떠올랐소. 게다가 노랫말까지 모두 깨달았소. 오래전에 모든 동물이 불렀지만 여러 세대를 지나는 사이에 잊어버린 가사가 분명하오. 이제 내가 여러분에게 노래를 불러드리겠소, 동지 여러분. 늙어서 목소리는 쉬었지만 그래도 내가 가르쳐드리면 여러분은 훨씬 잘 부를 수 있을 거요. 제목은 ‘영국 동물’이오.”

메이저 영감이 목청을 가다듬고 노래를 시작했다. 애초에 말한 대로 목소리가 쉬어서 거칠지만, 노래를 제법 잘 부르고 노랫가락은 마음을 뒤흔드는데 ‘클레멘타인’과 ‘라쿠카라차’를 섞은 것 같았다. 이런 내용이었다.

영국 동물이여, 아일랜드 동물이여,
모든 나라 모든 동물이여,
내가 황금빛 미래를 전하노니
기쁘게 들어라.

언젠가는 그날이 오리니
인간 독재자는 사라지고
풍요로운 영국 들판에는
온갖 동물이 활보하리라.

코에서는 코뚜레가
등에서는 안장이 사라지리라.
재갈과 박차는 쓸모없어 녹슬고
잔인한 채찍질도 더는 없으리라.

그날이 오면 밀과 보리, 귀리와 건초
토끼풀과 콩, 사탕무를
우리가 모두 차지해
상상도 못 할 풍요를 누리리라.

우리가 해방하는 날이 오면
들판은 환하게 빛나고
물은 맑게 변하고
산들바람은 훨씬 감미롭게 불어오리라.

그날을 위해 우리 모두 노력할지니
우리 삶이 먼저 끝날지라도
소와 말, 거위와 칠면조
모두가 자유를 위해 힘껏 싸우리라.

영국 동물이여, 아일랜드 동물이여,
모든 나라 모든 동물이여,
내가 황금빛 미래를 전하노니
잘 듣고 사방에 퍼트려라.

　　노래를 부르는 사이에 모든 동물이 흥분의 도가니로 빠져들었다. 데이저 영감이 노래를 끝내기도 전에 많은 동물이 스스로 따라 부를 정도였다. 제일 멍청한 동물도 곡조를 익힌 건 물론 가사도 일부 익히고 돼지와 개처럼 영리한 부류는 몇 분 만에 노래 전체를 마음속에 깊이 새겼다. 그러고 나서 시험 삼아 몇 차례 불러보더니, 모든 동물이 '영국 동물'을 일제히 커다랗게 불렀다. 젖소는 음매 하며 부르고, 개는 멍멍하며 부르고, 양은 매에 하며 부르고, 말은 히힝 하며 부르고, 오리는 꽥꽥대며 불렀다. 노래가 마음에 꼭 들어서 다섯 번 연속으로 부르는데, 누가 방해만 안 하면 밤새도록 부를 기세였다.

그러나 불행하게도 커다란 소리에 주인 존스가 잠에서 깨더니, 뜰에 여우라도 나타났는지 확인하려고 침대에서 벌떡 일어났다. 그리고 침대 한쪽 모서리에 항상 세워놓는 총을 들어서 어둠을 향해 총알 여섯 발을 발사했다. 총알이 날아와서 헛간 벽에 박히고 모임은 순식간에 끝났다. 모두 재빨리 잠자리로 도망쳤다. 날개 달린 동물은 횃대로 날아오르고 네 발 달린 동물은 짚더미로 뛰어들더니, 이윽고 농장 전체 가 순식간에 잠들었다.

II

사흘 후에 메이저 영감은 잠자다 조용히 숨을 거뒀다. 주검은 과수 원 아래쪽에 묻었다.

이때가 삼월 초다. 그러고 나서 모든 동물은 삼 개월 동안 은밀하게 움직였다. 메이저 영감이 한 연설은 농장에서 지능이 비교적 뛰어난 동물에게 완전히 새로운 인생관을 심어주었다. 메이저 영감이 예견한 반역이라는 게 언제 일어날지도 모르고 살아생전에 일어날 거라고 여길 이유도 없지만, 자신들에게 반역을 준비할 의무가 있다는 건 확실히 깨달았다. 다른 동물을 가르치고 조직하는 일은 돼지 무리가 자연스럽게 맡았는데, 일반적으로 돼지가 다른 어떤 동물보다 똑똑하기 때문이다. 이런 돼지 가운데 특히 두드러진 건 '눈뭉치'와 '나폴레옹'이라는 젊은 수퇘지 두 마리로, 주인 존스가 내다 팔려고 기르는 중이었다.

나폴레옹은 농장 전체에서 한 마리밖에 없는 버크셔 수퇘지로, 덩치가 크고 사나운 데다 말수는 적지만 매사에 소신껏 밀고 나간다는 평을 받았다. 눈뭉치는 나폴레옹보다 활발하며 말도 잘하고 창의적이지만 심지가 깊은 성격은 아니었다. 농장에 있는 나머지 수퇘지는 전부 식용이었다. 이들 가운데 제일 유명한 돼지는 작고 통통한 '꽥꽥이'로 뺨이 동그랗고 눈이 반짝거리고 동작이 빠르고 목소리가 날카로웠다. 말솜씨도 대단한데, 어려운 문제로 논쟁을 벌일 때면 이리저리 뛰어다니며 꼬리를 흔드는 모습이 아주 그럴싸하게 보였다. 꽥꽥이라면 까만색도 하얀색으로 만들 수 있을 거라고 모두 이야기할 정도였다.

이들 셋은 메이저 영감이 남긴 가르침을 완벽한 사상 체계로 정교하게 다듬어서 '동물주의'라고 이름 붙였다. 그리고 일주일에 몇 번씩 주인 존스가 잠든 밤이면 헛간에 은밀하게 모여서 다른 동물에게 동물주의 원리를 설파했다. 처음에는 만나는 동물마다 멍청하고 시큰둥한 반응을 보였다. 일부는 존스에게 충성할 의무를 주장하면서 "주인님"이라 부르거나 "존스 씨는 우리를 먹여 살려. 그런 사람이 없으면 우리는 굶어 죽는다고"라는 식으로 어리석은 의견을 내놓기도 했다. 또 일부는 "우리가 죽고 나서 벌어질 일에 대해 왜 신경 써야 하는 거지?"라거나 "어차피 반역이 일어날 수밖에 없다면, 우리가 그걸 준비하든 안 하든 별다른 차이가 없는 거 아니야?"라는 식으로 질문해서 곤란하게 만들고, 세 마리 돼지는 그런 주장이 동물주의 정신에 어긋난다는 사실을 설득하느라 무척 애먹었다. 그런데 가장 어리석은 질문은 하얀

암말 몰리에게서 나왔다. 눈뭉치에게 "반역 이후에도 각설탕을 먹을
수 있을까?"라고 물은 것이다.

여기에 대해 눈뭉치는 단호하게 대답했다.

"아니, 우리 농장에는 설탕을 만드는 기계가 없소. 게다가 당신은
설탕이 필요하지 않소. 귀리와 건초를 원하는 만큼 먹을 테니까."

그러자 몰리가 다시 물었다.

"갈기에 리본은 달아도 되지?"

그래서 눈뭉치는 대답했다.

"당신이 애지중지하는 리본은 노예를 상징할 뿐이오, 동지. 리본보
다 자유가 훨씬 중요하다는 사실을 모르겠소?"

몰리는 고개를 끄덕이는데 완전히 수긍한 표정은 아니었다.

그런데 돼지 세 마리는 집 까마귀 모세가 늘어놓는 거짓말에 대응하
느라 훨씬 힘들게 싸웠다. 모세는 주인 존스가 특별히 아끼는 애완
까마귀로 첩자 노릇과 고자쟁이 노릇을 하는데, 말솜씨 역시 대단했다.
그래서 '설탕사탕 산'이라는 신비스러운 나라가 있는데, 동물은 죽으면
누구나 거기로 간다고, 하늘 위 구름 너머 어딘가에 있다고 주장했다.
'설탕사탕 산'에서는 일주일 내내 일요일이고, 일 년 내내 토끼풀이
지천이며, 울타리에서는 각설탕과 아마 씨앗으로 만든 케이크가 자란
다고도 했다. 동물들은 모세가 말만 나불대고 일은 않는다며 싫어하지
만, 일부가 '설탕사탕 산'을 진짜로 믿는 바람에, 돼지 세 마리는 힘겹게
입씨름을 벌여서 그런 곳은 어디에도 없다고 설득해야 했다.

그런 돼지를 가장 믿고 따르는 동물은 수레를 끄는 두 마리 말, 복서
와 클로버였다. 이들은 스스로 생각해서 판단하는 능력이 많이 떨어지
지만, 돼지 세 마리를 스승으로 받아들인 다음부터는 이들이 말하는
내용을 무엇이든 빨아들이고 간결하게 요약해서 다른 동물에게 전달했

다. 그래서 복서와 클로버는 헛간에서 열리는 비밀 회합에 꼭 참석하고 모임이 끝날 때마다 '영국 동물'을 앞장서서 불렀다.

그런데 결과적으로 말해서 반역은 예상보다 바르고 손쉽게 성공했다. 주인 존스는 모질긴 해도 능력이 좋은 농부였는데 최근에 불운이 잇따랐다. 재판에서 돈을 잃고 심하게 낙담한 나머지 건강을 해칠 정도로 술을 마셔댔다. 주방에서 나무의자에 앉아 신문을 뒤적거리며 술을 마시다가 가끔 맥주에 빵조각을 적셔서 모세에게 주는 식으로 온종일 빈둥거릴 때도 잦았다. 존스가 부리는 일꾼 역시 게으르고 불성실해서 밭은 잡초로 가득하고 건물 지붕은 여기저기가 뚫리고 울타리는 허술하고 동물들은 배를 곯았다.

유월이 오고 건초용 풀을 벨 시기가 되었다. 성 요한 축일 바로 하루 전 토요일에 주인 존스는 윌링던으로 가더니 '붉은 사자' 술집에서 술을 마시다가 거나하게 취한 나머지, 일요일 한낮까지 돌아올 생각을 안 했다. 일꾼이란 놈들은 아침 일찍 젖소에게 가서 우유를 짜더니, 동물들에게 먹이를 줄 생각조차 않고 토끼를 사냥하러 나갔다. 그런데 주인 존스는 농장으로 돌아오자마자 응접실 소파에 누워서 '세상 소식'이란 신문으로 얼굴을 가린 채 잠들고, 그래서 해가 떨어질 때까지 동물들은 쫄쫄 굶어야 했다. 그러다가 더는 못 참고 폭발했다. 암소 한 마리가 뿔로 식량 창고 문을 들이받아 부서뜨리고, 동물들은 안으로 일제히 들어가서 이런저런 통에 머리를 들이박고 곡식을 먹어치우기 시작한 것이다.

바로 그때 주인 존스가 깨어났다. 그래서 일꾼 네 명과 함께 채찍을 하나씩 들고 식량 창고로 달려가서 닥치는 대로 휘둘렀다. 잔뜩 굶주린 동물들은 더 견딜 수 없었다. 사전에 짠 계획은 하나도 없지만 모두 합심해서 존스 일당에게 달려들었다. 사방에서 머리로 들이받고 발로

찼다. 상황이 걷잡을 수 없을 정도로 심각했다. 존스 일당은 동물들이 이렇게 날뛰는 광경을 본 적이 없는 데다, 자신들이 마음대로 학대하고 매질하던 대상이 갑자기 들고일어나니 무서워서 정신을 차릴 수도 없었다. 그래서 잠시 방어하다가 포기하고 그대로 줄행랑쳤다. 다섯 명 모두 큰길이 나오는 우마차 길로 허겁지겁 도망치고 뒤에서는 동물들이 의기양양하게 쫓아갔다.

존스 부인은 침실 창문을 내다보다 무슨 일이 벌어지는지 파악하고 조그만 여행 가방에 중요한 물건 몇 개만 허겁지겁 쑤셔 넣은 뒤, 다른 길로 살그머니 빠져나갔다. 모세는 횃대에서 날아올라 까악까악 커다랗게 울어대며 존스 부인을 따라갔다. 그동안 동물들은 존스 일당을 큰길로 쫓아내고, 판자 다섯 개로 만든 대문을 쾅! 닫아버렸다. 주인 존스를 추방하고 중세 영지 농장을 차지했으니, 무슨 일이 일어나는지도 모르는 사이에 반역에 성공한 것이다.

처음 몇 분 동안, 동물들은 자신에게 찾아온 행운을 믿을 수 없었다. 그러다가 사람이 어디에도 안 숨었다는 사실을 완벽하게 확인하려는 듯 농장 경계를 따라 시계 반대방향으로 전력을 다해 달렸다. 그러고 나서 주인 존스가 군림하던 끔찍한 흔적을 모두 쓸어내려고 힘차게 달려서 축사로 돌아갔다. 나란히 늘어선 마구간 끝에서 마구 창고를 부수고 안으로 들어갔다. 재갈, 코뚜레, 개 사슬, 주인 존스가 돼지나 양을 거세하면서 사용하던 무시무시한 칼을 우물에 모두 처박았다. 고삐, 말이나 소에 얹는 굴레, 말에게 씌우는 눈가리개, 말이 목에 걸고 다니는 굴욕적인 사료 자루는 마당에서 쓰레기를 태우는 화톳불에 던졌다. 채찍도 마찬가지였다. 채찍이 타들어 가는 모습을 보고 모든 동물이 기뻐서 깡충깡충 뛰었다. 눈뭉치는 시장이 서는 날이면 말갈기와 꼬리에 장식하던 리본까지 불 속에 던졌다. 그리고 소리쳤다.

"리본은 사람을 나타내는 상징이니 사람이 입는 옷이나 마찬가지요. 동물은 어떤 옷도 입지 말아야 하오."

복서는 이 말을 듣고 조그만 밀짚모자를 가져와서 훨훨 타는 불 속에 던졌다. 여름에 파리가 양쪽 귀로 꼬이는 걸 막아주던 모자였다.

동물들은 주인 존스가 떠오르는 물건을 순식간에 모조리 없애버렸다. 그런 다음에 나폴레옹은 식량 창고로 모두 데려가서 평소보다 두 배나 많이 곡식을 나누어주고 개에게 사료용 과자를 두 개씩 주었다. 그러고 나서 모두 모여 '영국 동물'을 처음부터 끝까지 일곱 번이나 연속해서 부르고 밤을 맞아 각자 자리로 돌아가니, 예전에 한 번도 잔 적이 없는 것처럼 곤한 잠에 빠져들었다.

하지만 평소처럼 새벽녘에 깨어나더니, 전날 일어난 황홀한 사건을 갑자기 떠올리고 목초지로 모두 내달렸다. 목초지를 조금 내려가면 둔덕이 있어서 농장 전경이 한눈에 들어왔다. 동물들은 둔덕 꼭대기로 모두 올라서 아침 햇살을 상쾌하게 받으며 주변을 둘러보았다. 그렇다! 눈에 보이는 게 모두 자기네 차지다! 이런 생각을 하니 참으로 황홀해서 이리저리 뛰어다니기도 하고 잔뜩 흥분해서 공중으로 힘껏 솟구치기도 했다. 이슬을 가득 머금은 풀밭에서 뒹굴다가 싱그러운 여름풀을 한입 가득 베어 물고 비옥한 흑토를 발로 차서 구수한 흙내를 맡았다. 그런 다음에는 농장 전체를 둘러보며 경작지와 건초용 풀밭, 과수원, 연못, 작은 숲을 점검하는데 감격스러워서 말문이 막혔다. 하나하나가 생전 처음 보는 것 같았다. 모든 게 자기네 소유라는 사실이 아직도 믿기지 않았다.

이윽고 동물들은 축사로 돌아가려고 줄지어 이동하다가 존스가 묵던 본채 앞에 가만히 멈췄다. 그곳 역시 자기네 소유지만 안으로 들어가는 걸 모두가 꺼렸다. 그런데 잠시 뒤에 눈뭉치와 나폴레옹이 어깨로 들이

받아서 문을 열자, 한 줄로 들어가서 아무것도 안 건들려고 애쓰며 조심스럽게 걸었다. 커다란 말소리가 나올까 염려스러워 가만히 속삭이며 발뒤꿈치를 들고 이 방 저 방 살금살금 돌아다녀서 자기네 깃털을 넣어 만든 침대 매트리스, 여기저기에 세운 거울, 말총이나 갈기를 넣어 만든 소파, 모직으로 만든 고급 양탄자, 응접실 벽난로 선반 위에 걸린 빅토리아 여왕 석판화 등을 바라보며 감탄하는데, 하나같이 믿을 수 없을 만큼 사치스러웠다. 그래서 휘둥그런 눈으로 계단을 내려오다가 몰리가 없어진 사실을 깨달았다. 모두 되돌아가니, 몰리는 가장 화려한 침실에 그대로 있었다. 존스 아내가 쓰던 화장대에서 파란 리본을 하나 꺼내 어깨에 대고 거울에 비친 모습을 바라보며 바보처럼 감탄하는 중이었다. 모두가 몰리를 호되게 꾸짖으며 밖으로 데리고 나왔다. 주방에 매달린 햄은 전부 가지고 나와서 땅에 묻고 싱크대에 있던 맥주통은 복서가 발로 차서 구멍을 냈다. 나머지는 일절 안 건드렸다. 집을 박물관으로 보존하자는 제안이 나와 즉석에서 만장일치로 통과시켰다. 동물은 누구도 집에서 살면 안 된다는 원칙도 마찬가지였다.

동물들이 아침을 먹고 나자 눈뭉치와 나폴레옹은 모두를 다시 불러 모았다. 눈뭉치가 말했다.

"동지 여러분, 지금은 여섯 시 반이고 우리 앞에는 기나긴 하루가 있소. 오늘은 건초용 풀을 수확할 것이오. 하지만 그보다 먼저 해결할 게 있소."

그러더니 돼지 세 마리는 존스네 아이들이 쓰레기통에다 버린 낡은 철자 교본을 구해서 지난 삼 개월 동안 읽고 쓰는 법을 스스로 익혔다고 밝혔다. 그리고 나폴레옹은 검은색과 하얀색 페인트 통을 가져오라고 하더니, 큰 길이 나오는 농장 입구에 판자 다섯 개를 이어 만든 대문으로 무리를 인도했다. 이번에는 (글씨를 가장 잘 쓰는) 눈뭉치가 앞발굽 사이에 붓을 끼워서 대문 첫 번째 판자에 페인트를 덧칠해 '중세 영지 농장'을 지우고 그 자리에 '동물농장'이라 적었다. 이제부터 사용할 농장 이름이었다.

그러고 나서 축사로 돌아가더니, 눈뭉치와 나폴레옹은 사다리를 가져다가 널찍한 헛간 한쪽 벽에 기대서 세우도록 했다. 그리곤 지난 삼 개월 동안 연구한 끝에 돼지 세 마리는 동물주의 원칙을 '일곱 계명'으로 간략하게 줄이는 데에 성공했다고 말했다. 그래서 '일곱 계명'을 벽에다 적어, 동물농장에서 살아가는 동물은 누구나 앞으로 영원히 지켜야 할 불변의 법칙으로 삼겠다고 선포했다. 눈뭉치는 (돼지가 사다리에 올라서 균형을 잡는 게 쉬운 일이 아니라서) 아주 힘들게 사다리를 타고 올라 작업을 시작하고 꽥꽥이는 몇 칸 아래에서 페인트 통을 들어 주었다. 타르를 칠해서 까만 벽에다 하얀 글씨로 커다랗게 적으니, 삼십 미터 떨어진 거리에서도 '일곱 계명'이 보였다. 이런 내용이었다.

일곱 계명

1. 두 발로 걷는 건 모두 적이다.
2. 네 발로 걷거나 날개가 달린 동물은 모두 친구다.
3. 동물은 옷을 입지 말아야 한다.
4. 동물은 침대에서 자지 말아야 한다.
5. 동물은 술을 마시지 말아야 한다.
6. 동물은 다른 동물을 죽이지 말아야 한다.
7. 동물은 모두 평등하다.

글씨는 아주 깔끔했다. '친구'라는 단어를 '진구'로 쓰고 'ㅅ' 글자

하나를 반대로 적은 외에는 모든 철자를 제대로 썼다. 눈뭉치는 다른 동물이 듣도록 계명을 커다랗게 읽었다. 모든 동물은 완벽하게 동의하며 고개를 끄덕이고, 영리한 동물은 그 자리에서 일곱 계명을 마음에 새기고, 눈뭉치는 페인트 붓을 내던지며 소리쳤다.

"자, 동지 여러분, 건초용 풀밭으로 갑시다! 건초용 풀을 존스 일당보다 빨리 수확해서 동물의 명예를 드높입시다!"

그런데 바로 그 순간에 아까부터 어딘가 불편해 보이던 젖소 세 마리가 음매 하고 커다랗게 울었다. 스물네 시간이나 젖을 안 짜서 젖통이 금방이라도 터질 것처럼 퉁퉁 불었기 때문이다. 돼지 세 마리는 잠시 생각하다가 양동이를 가져오게 하더니 우유를 비교적 성공적으로 짰다. 돼지 앞발 모양새가 우유 짜기에 딱 들어맞은 것이다. 이윽고 우유는 부드러운 거품을 내며 양동이 다섯 통에 가득 들어차고, 동물들은 흥미롭게 지켜보는 가운데 누군가 물었다.

"우유는 모두 어떻게 하지?"

"존스는 우리가 먹는 사료에 우유를 섞어주곤 했어."

암탉 한 마리가 말하자, 나폴레옹이 양동이 앞으로 나서며 소리쳤다.

"우유 걱정은 마시오, 동지 여러분! 우리가 알아서 하겠소. 그보다 건초용 풀을 수확하는 게 훨씬 중요하오. 눈뭉치 동지가 길을 안내할 것이오. 나도 바로 따라가겠소. 전진하시오, 동지 여러분! 건초용 풀이 기다리오."

그래서 동물들은 건초용 풀을 수확하러 풀밭으로 줄지어 나아갔다. 그리고 저녁에 다시 돌아오니, 우유는 감쪽같이 사라지고 없었다.

III

　건초용 풀을 수확하느라 모두 얼마나 많은 땀을 흘리며 열심히 일했던가! 하지만 애쓴 보람이 있어서 애초에 기대한 이상으로 많은 분량을 성공적으로 거두었다.

　작업 자체는 동물들에게 버거울 때가 잦았다. 어떤 장비든 동물이 아니라 사람에게 적합하게 만들어서 뒷다리로 버티어야 하므로 제대로 사용할 동물이 하나도 없다는 건 정말 커다란 문제였다. 하지만 돼지 세 마리는 꾀가 많아서 어려운 일이 닥칠 때마다 해결 방법을 찾아냈다. 게다가 말은 꼴밭을 구석구석까지 훤히 아는 데다 건초 베기와 써레질은 사실 존스나 일꾼보다 훨씬 뛰어났다. 돼지 세 마리는 실제로 일하는 대신 다른 동물을 지휘하고 감독했다. 다른 동물보다 우월한 지능을 갖춘 덕에 지도자 역할을 자연스럽게 맡은 것이다.

　복서와 클로버는 마구에 절단기나 써레를 연결해서 (물론 재갈과 고삐는 절대 안 차고) 꼴밭을 빙빙 돌며 풀을 열심히 자르고 뒤에서는 돼지 한 마리가 쫓아가며 상황에 따라서 “계속 가, 동지!” 또는 “멈춰, 동지!” 하고 소리쳤다. 힘이 제일 약한 동물까지 건초용 풀을 뒤집고 모으는 일에 참여했다. 오리와 암탉마저 뙤약볕 아래서 조그만 풀을 부리로 물어 운반하며 온종일 열심히 일했다. 그래서 결국에는 존스가 일꾼을 데리고 일할 때보다 이틀이나 빨리 건초 수확을 끝냈다. 게다가 수확량은 농장이 생긴 이래로 가장 많았다. 버린 게 하나도 없고, 암탉과 오리가 샅샅이 살피며 마지막 건초 한 조각까지 주워 모은 데다 몰래 훔쳐 먹은 동물 역시 하나도 없었기 때문이다.

　농장 작업은 여름 내내 규칙적으로 돌아갔다. 동물들은 예전에 상상조차 못 하던 행복을 누렸다. 주인이 인색하게 찔끔찔끔 나눠주는 게 아니라 모든 걸 자기네 손으로 생산해서 자기네가 온전하게 차지하니, 입에 가득 넣고 먹을 때마다 기쁨이 넘쳐흘렀다. 아무짝에도 쓸모없는 기생충 인간이 사라지면서 모두에게 돌아가는 몫 역시 그만큼 많았다. 게다가 한가롭게 여유도 누릴 수 있었다, 그게 뭔지 제대로 아는 동물은 하나도 없지만 말이다.

물론 이런저런 어려움에 부닥치기도 했다. 예를 들면, 나중에는 옥수수를 수확했는데 농장에 탈곡기가 없어서 옛날 방식대로 알갱이는 밟아서 털어내고 쭉정이는 입으로 후후 불어서 날려야 했다. 하지만 문제가 생길 때마다 돼지 세 마리는 똑똑한 머리를 동원하고 복서는 엄청난 힘을 발휘해서 완벽하게 해결했다. 복서는 모두에게 존경을 받았다. 존스가 주인일 때도 열심히 일했지만, 지금은 혼자서 말 세 마리 몫을 충분히 하는 것 같았다. 농장일 전체가 튼튼한 복서 어깨에 달린 것처럼 보일 때도 잦았다. 작업이 제일 힘든 곳마다 찾아다녀서 아침부터 밤까지 밀고 당기며 일했기 때문이다. 어린 수탉 한 마리에게 다른 동물보다 삼십 분 일찍 깨우도록 부탁해서 일과를 시작하기도 전에 일손이 가장 필요한 것처럼 보이는 곳으로 가서 자발적으로 일하는 식이었다. 문제가 생기거나 곤경에 처하더라도 복서가 하는 대답은 한결같이 "내가 더 열심히 일하면 돼!"였다. 이 말은 복서에게 좌우명이었다.

하지만 동물 일반은 각자 능력에 맞게 일했다. 예를 들어 추수할 때 뿔뿔이 흩어진 곡식 알갱이를 암탉과 오리가 하나하나 물어오는 식으로 긁어모은 게 무려 다섯 통이었다. 먹이를 훔치는 동물도 없고 배급량이 적다고 투덜대는 동물도 없으니, 예전에는 서로 다투다가 물어뜯거나 시샘하는 게 흔했으나 지금은 거의 사라졌다. 게으름 부리는 동물도 없었다…… 조금만 빼고. 실제로 몰리는 아침에 제대로 못 일어나는 데다 발굽에 돌이 끼었다는 핑계로 작업장을 일찍 벗어나기 일쑤였다. 고양이도 별나게 행동했다. 작업이 있을 때는 눈에 띄는 법이 결코 없다는 사실도 금세 드러났다. 그래서 몇 시간 안 보이다가 식사시간에나 작업이 완전히 끝난 저녁 시간에 아무 일 없다는 듯 나타났다. 하지만 항상 애처롭게 가르랑거리며 그럴듯하게 변명하니, 동물 일반은 그럴만한 이유가 있다고 믿을 수밖에 없었다. 늙은 당나귀 벤자민 역시 반역 이후에 변한 게 그다지 없어 보였다. 존스 시절에 그런 것처럼 여전히 고집스럽게 느릿느릿 일하고, 게으름 피우지는 않지만 다른 일을 자발적으로 하지도 않았다. 반역 이후 찾아온 새로운 변화에 대해서 별다른 의견을 밝히지도 않았다. 존스가 사라진 지금이 더 행복한지를 물을 때마다 "당나귀는 정말 오래 살아. 자네들 가운데에 당나귀가 죽는 걸 본 동물은 하나도 없잖아"라고 수수께끼처럼 대답해서 다른 동물은 고개를 갸우뚱할 수밖에 없었다.

일요일에는 작업이 없었다. 아침 식사도 평소보다 한 시간 늦고 식사를 마친 다음에는 행사를 치르는데, 빼먹은 적이 한 주도 없었다. 제일 먼저 깃발을 단다. 눈뭉치는 마구를 보관하는 창고에서 존스 부인이 사용하던 녹색 식탁보를 찾아 흰색 페인트로 발굽과 뿔을 겹쳐서 그려 넣었다. 이렇게 만든 깃발을 매주 일요일 오전 여덟 시면 농장 정원에서 깃대에 올린다. 눈뭉치가 설명한 바에 의하면 녹색 바탕은 영국의 초록 들판을 상징하며 발굽과 뿔은 앞으로 인간을 완전히 타도한 다음에 세울 동물 공화국을 의미했다. 깃발 게양식이 끝나면 동물들은 널찍한 헛간으로 줄지어 들어가서 '모임'이라고 부르는 총회에 참석한다. 여기에서 다음 주에 할 일을 계획하고 이런저런 안건을 제시해서 토론한다. 그런데 안건을 제시하는 동물은 언제나 돼지 세 마리뿐이었다. 다른 동물은 투표하는 방법만 알 뿐, 스스로 안건을 떠올려서 제시할 능력은 조금도 없었다. 눈뭉치와 나폴레옹은 토론에 가장 활발하게 참여했다. 그런데 둘이서 의견이 같은 적은 한 번도 없다는 사실이 금방 드러났다. 한쪽에서 어떤 의견을 내면 다른 쪽이 반대하는 게 당연한 절차로 보일 정도였다. 심지어 과수원 뒤편 조그만 방목장을 현역에서 은퇴한 동물이 여생을 보낼 장소로 사용하는 걸 결정할 때도 (안건 자체는 누구도 반대할 수 없지만) 동물 유형에 따라서 적절한 은퇴 나이를 결정하는 문제를 둘러싸고 격렬한 논쟁을 벌이는 식이었다. '모임'은 항상 '영국 동물'을 부르며 마무리하고, 오후는 오락시간으로 보냈다.

돼지 세 마리는 마구 보관 창고를 일찌감치 치우고 본부로 사용했다. 여기에서 저녁마다, 존스 집에서 가져온 책으로 대장장이 일이나 목수 일 등 중요한 기술을 다양하게 연구했다. 눈뭉치는 '동물 위원회'를 여러 개 만들어서 다른 동물을 조직하는 작업에도 열중했다. 이런 일이라면 언제나 지칠 줄 모르고 달려들었다. 그래서 암탉에게는 '달걀 생산 위원회', 소에게는 '깨끗한 꼬리 연맹', 쥐나 야생토끼를 길들일 목적으로 '야생동물 동지 재교육 위원회', 양에게는 '훨씬 하얀 양털 생산 운동' 등 다양한 위원회를 만드는 건 물론, 다양한 강의도 열어서 글을 읽고 쓰는 법까지 가르쳤다. 그런데 전체적으로 볼 때 다양한 위원회는 모두 실패하고 말았다. 예를 들어 야생동물 길들이기는 시도하는 즉시 어긋났다. 여전히 예전과 똑같게 행동하는 데다, 관대한 아량이라도 베풀면 그것만 받는 거로 끝났기 때문이다. 고양이 역시 '재교육 위원회'에 가입해서 며칠 동안 아주 열성적으로 활동했다. 하루는 지붕에 올라가더니, 멀찌감치 떨어져서 잔뜩 경계하는 참새 몇 마리에게 말을 걸 정도였다. 이제 모든 동물은 동지며 어떤 참새든 마음대로 다가와서 고양이 발에 앉아도 된다고 끊임없이 설득한 것이다. 하지만 참새는

거리를 좁힐 마음이 조금도 없었다.

그래도 글을 읽고 쓰는 수업은 커다랗게 성공했다. 가을이 되자 농장 동물 대부분 상당히 많은 글을 읽고 쓸 수 있었다. 돼지 무리는 완벽하게 읽고 썼다. 개는 읽는 방법을 제법 익히면서도 일곱 계명을 제외한 글씨에는 별다른 관심을 안 보였다. 염소 뮤리엘은 개보다 글을 읽는 실력이 뛰어나 쓰레기 더미에서 신문조각을 찾아, 저녁이면 다른 동물에게 읽어주곤 했다. 벤자민은 돼지처럼 글을 잘 읽지만, 실력을 드러낸 적은 한 번도 없었다. 자신이 보기에 읽을 가치가 있는 건 하나도 없다는 것이다. 클로버는 알파벳을 모두 배우긴 해도 그걸 조합해서 만든 단어를 이해할 수 없었다. 복서는 알파벳 D까지 파악한 게 전부였다. 커다란 발굽으로 땅에다 글자 A, B, C, D를 쓰고 나면 귀를 뒤로 젖힌 채 가만히 바라보고 앞 갈기를 흔들며 뒤에 나오는 글자를 떠올리려고 애쓰지만 성공한 적은 한 번도 없었다. 물론 E, F, G, H를 외운 적도 몇 차례 있지만 그걸 떠올릴 때는 A, B, C, D를 언제나 잊어버렸다. 그러다가 결국엔 처음 네 글자에 만족하기로 하고 기억을 새롭게 다지는 차원에서 매일 한두 번씩 써보곤 했다. 몰리는 본인 이름에 들어가는 글자만 배우려고 했다. 조그만 나뭇가지로 본인 이름을 또렷하게 만들고 꽃 한두 송이로 예쁘게 장식한 다음에 주변을 빙글빙글 돌며 감탄하는 게 끝이었다.

다른 동물은 누구도 알파벳 A 이상을 파악할 수 없었다. 양이나 암탉이나 오리같이 우둔한 동물은 일곱 계명을 외울 수 없다는 사실도 금방 드러났다. 그래서 눈뭉치는 고심 끝에 일곱 계명을 격언 한 줄로, "네 다리는 좋고 두 다리는 나쁘다"로 압축할 수 있다고 공표했다. 눈뭉치에 따르면 여기에는 동물주의 핵심 원리가 담겼다. 어느 동물이든 이 말만 명심하면 인간이 끼치는 악영향에서 벗어날 수 있다는 것이다. 처음에는 닭과 오리와 비둘기가 자기네 역시 다리가 두 개밖에 없는 것 같아서 반발했지만, 눈뭉치는 그렇지 않다는 사실을 이렇게 증명했다.

"동지 여러분, 날개는 무언가를 조작하는 기관이 아니라 앞으로 나아가는 데 필요한 기관이오. 따라서 날개는 다리로 여겨야 하오. 인간에게 유별난 특징은 손이오. 바로 그게 온갖 나쁜 짓을 저지르는 도구니 말이오."

닭과 오리와 비둘기는 눈뭉치가 기다랗게 설명한 내용을 알아듣진 못해도 그냥 받아들이고 지능이 낮은 동물은 새로운 격언을 마음에 새기려고 노력했다. '네 다리는 좋고 두 다리는 나쁘다'는 격언은 헛간 벽 끝 일곱 계명 위에 훨씬 커다랗게 적혔다. 마음속에 새기고 나니, 양은 격언이 정말 마음에 들어서 들판에 누울 때마다 툭하면 "매에~" 하며 "네 다리는 좋고 두 다리는 나쁘다! 네 다리는 좋고 두 다리는 나쁘다!"고 몇 시간 동안 소리쳐도 싫증이 안 났다.

나폴레옹은 눈뭉치가 조직한 다양한 위원회에 아무런 관심도 안 보였다. 어린 동물을 제대로 교육하는 편이 다 자란 동물을 교육하는 편보다 훨씬 중요하단 거다. 그런데 건초 수확을 마치고 얼마 안 돼서 제시와 초롱꽃이 건강한 강아지를 낳았는데 둘이 합쳐서 모두 아홉 마리였다. 그래서 젖을 떼자마자, 나폴레옹은 자신이 책임지고 교육하겠다며 어미 품에서 강아지를 모두 데려갔다. 그리고 마구 보관 창고에서 사다리를 올라야 하는 다락에 데려다 놓고 격리해, 다른 동물은 얼마 안 가서 강아지가 있다는 사실조차 잊어버렸다.

한편, 우유가 감쪽같이 사라지는 수수께끼는 바로 풀렸다. 돼지가 먹는 사료에다 매일 넣은 것이다. 사과 일부가 일찍 맛있게 익으면서 과수원 풀밭 여기저기에 떨어지기도 했다. 동물들은 낙과를 당연히 공평하게 나눌 거라고 기대했다. 그런데 하루는 낙과를 모두 모아서 돼지들이 먹도록 마구 보관 창고로 가져오라는 명령이 나왔다. 그래서 다른 동물 몇몇이 수군대는데, 아무런 소용도 없었다. 모든 돼지가, 심지어 눈뭉치와 나폴레옹까지도 이런 조치에 완벽하게 동의했다. 그리고 꽥꽥이를 파견해서 다른 동물에게 설명했다.

"동지 여러분! 설마 여러분은 우리 돼지가 이기심이나 특권의식으로 이렇게 한다고 믿는 건 아니겠지요? 실제로 우리 돼지 대다수는 우유와 사과를 싫어하오. 나 역시 좋아하지 않소. 우리가 그걸 먹는 유일한 목적은 건강을 지키려는 거요. 과학이 증명하듯, 동지 여러분, 우유와 사과에는 돼지가 건강을 유지하는 데 절대적으로 필요한 영양소가 있소. 우리 돼지는 정신노동을 하오. 농장 전체를 관리하고 조직하는 일을 도맡소. 여러분이 편안하고 행복하게 살도록 밤낮으로 애쓴단 말이오. 우리가 우유를 마시고 사과를 먹는 건 바로 여러분 자신을 위해서요. 우리 돼지가 책임을 다하지 않으면 어떤 결과가 나타나는지 여러분은 아시오? 존스가 돌아오는 거요! 그렇소, 존스가 돌아온단 말이오!"

꽥꽥이가 이리저리 뛰어다니고 꼬리를 흔들면서 마지막으로 호소했다.

"그런데 여러분 가운데 존스가 돌아오기를 바라는 분은 설마 없겠지요?"

모든 동물이 완벽하게 확신하는 게 있다면 그건 존스가 돌아오는 걸 아무도 원치 않는다는 사실이다. 그런데 이런 식으로 설명하니까 누구도 할 말이 없었다. 돼지가 건강하게 사는 게 아주 중요하단 사실은 너무나 또렷했다. 그래서 우유와 낙과는 물론 제철을 맞아서 잘 익은 사과 역시 오직 돼지만 먹어야 한다는 주장에 더는 반대하지 않고 모두 동의했다.

IV

늦여름으로 들어갈 즈음에는 동물농장에서 반역을 일으킨 소식이 인근 지역으로 널리 퍼졌다. 눈뭉치와 나폴레옹은 비둘기 편대에게 인근 농장 동물과 어울리면서 반역에 관한 이야기를 전하고 '영국 동물' 노래도 가르쳐주라고 지시하면서 매일 날려 보냈다.

한편, 주인 존스는 윌링던 술집 '붉은 사자'에 죽치고 앉아서 누구든 귀를 기울이는 사람에게, 하찮은 동물이 모여서 자신을 부당하게 쫓아내고 농장을 차지하는 터무니없는 사태가 일어났다고 하소연하며 허송세월하였다. 다른 농장주는 원칙적으로 존스를 동정하지만, 처음에는 도울 생각이 없었다. 존스에게 닥친 재난을 어떻게든 자신에게 유리하게 활용하려고 남몰래 궁리할 뿐이었다. 게다가 인근 농장주 두 명이 서로 오랜 원수지간이란 사실은 동물농장에게 정말 행운이었다.

두 농장 가운데 하나는 '여우 숲'이라고 하는데, 규모는 커도 구식인 데다 오래 내버려둔 탓에 숲은 무성하지만, 목초지는 황폐하고 울타리는 형편없이 망가진 상태였다. 주인 필킹턴은 신사인 척하면서 계절에 따라 낚시나 사냥을 다니며 거의 모든 시간을 낭비하는 농부로 만사태평이었다. 다른 농장은 '조각 들판'이라고 하는데, 규모는 작아도 관리를 잘했다. 주인 프레더릭은 모질고 약삭빠른 사람으로 소송을 끊임없이 벌여서 어려운 조건을 제시하며 협상하는 거로 유명했다. 두 사람은 서로를 너무나 싫어해서 어떤 일이든 의견을 모을 수 없었다. 공동

이익을 지켜야 할 때도 마찬가지였다.

그런데 동물농장에서 벌어진 반역 소식에 두 사람 모두 겁에 질려, 자기네 동물이 배울세라 어떻게든 막으려고 전전긍긍했다. 처음에는 동물 스스로 농장을 운영한다는 발상에 코웃음 치며 깔보는 척했다. 보름이면 모두 끝날 거라고 장담하면서 말이다. 게다가 '동물농장'이라는 이름을 인정할 수 없으니 '중세 영지 농장'으로 불러야 한다고 우기면서, '중세 영지 농장' 동물은 자기네끼리 끊임없이 싸우다가 결국에는 모두 굶어 죽을 거라는 소문도 퍼뜨렸다.

하지만 시간이 지나도 굶어 죽는 동물은 없다는 사실이 분명하게 드러나자, 프레더릭과 필킹턴은 작전을 바꿔 동물농장에서 끔찍한 일이 참혹하게 벌어진다고 떠들어댔다. 동물이 서로를 잡아먹고 말편자를 시뻘겋게 달구어 서로를 고문하는가 하면 암컷까지 공유하는데, 이런 다양한 현상은 자연법칙을 거스르고 반역을 일으켜서 당연히 일어날 수밖에 없는 결과라는 것이다.

하지만 이런 주장을 곧이곧대로 믿는 동물은 없었다. 농장에서 동물이 인간을 쫓아내고 스스로 모든 문제를 해결하며 살아간다는 놀라운 소문은 이런저런 형태로 다양하게 변하면서 끊임없이 퍼져나가, 모든 지역에서 반역을 열망하는 물결이 일 년 내내 몰아쳤다. 언제나 고분고분하던 황소는 갑자기 사납게 날뛰고 양 떼는 울타리를 부수고 토끼풀을 게걸스럽게 먹는가 하면 젖소는 우유가 가득한 통을 발로 차서 넘어뜨리고 사냥 말은 장애물 앞에서 갑자기 멈추어 등에 탄 기수를 건너편으로 내동댕이쳤다.

다른 무엇보다도 '영국 동물' 곡조는 물론 가사까지 덩달아서 널리 퍼져나가는데, 속도가 믿을 수 없을 정도로 빨랐다. 인간은 노래를 듣는 순간 분노가 솟구치는 걸 억누를 수 없으면서도 겉으로는 말도 안 되는 노래로 여기는 척했다. 아무리 동물이라고 해도 어떻게 이리도 비열한 쓰레기를 노래라고 부를 수 있는지 도무지 이해할 수 없다면서 말이다. 어떤 동물이든 노래를 부르다 들키면 그 자리에서 채찍을 맞았다. 그런데도 노래를 억누를 순 없었다. 검은 지빠귀는 울타리에 앉아서 짹짹짹 노래하고 비둘기는 느릅나무에서 구구구 노래하다 보니, 대장간 망치질 소리와 교회 종소리에도 스며들었다. 노랫소리가 들릴 때마다 인간은 미래에 닥칠 파멸을 예고하는 것 같아서 속으로 덜덜 떨었다.

시월 초 어느 날, 곡식 줄기를 잘라서 쌓아 놓고 일부는 탈곡까지 마칠 무렵에 비둘기 편대가 공중을 날다가 갑자기 방향을 돌려서 크게 흥분한 표정으로 농장 마당에 급히 내려앉았다. 존스가 자기 일꾼과 함께 '여우 숲' 농장과 '조각 들판' 농장 일꾼 여섯 명까지 데리고 판자 다섯 개로 만든 대문을 벌써 지나, 농장으로 이어지는 우마차 길을 올라온다는 것이다. 모두가 몽둥이를 지닌 가운데 존스는 손에 총까지 들고 앞장섰다는 거다. 농장을 되찾으려고 쳐들어오는 게 분명했다.

이런 상황은 오래전에 예견하고 미리 완벽하게 준비한 상태였다. 눈뭉치는 존스 집에서 줄리어스 시저 군사전략에 관한 낡은 책을 발견하고 깊이 연구한 터라 방어 작전을 책임졌다. 그래서 신속한 명령을 내리자, 모든 동물이 각자 맡은 자리로 순식간에 흩어졌다.

존스 일당이 축사로 접근할 때 눈뭉치는 첫 번째 공격을 개시했다. 서른다섯 마리나 되는 비둘기가 공중에서 앞서거니 뒤서거니 날아다니며 머리에다 똥을 갈긴 것이다. 울타리 뒤편에 미리 숨어든 거위 무리는 존스 일당이 새똥을 닦아내느라 정신없는 사이에 순식간에 몰려나와서 종아리를 사정없이 쪼아댔다. 하지만 이건 상대편 전열을

흩뜨리기 위한 가벼운 전초전에 불과하니, 존스 일당은 몽둥이를 휘둘러서 거위 무리를 손쉽게 쫓아냈다.

눈뭉치는 이제 두 번째 공격을 감행했다. 자신이 선두에서 뮤리엘과 벤자민과 양 무리를 이끌고 돌진해 사방에서 머리로 들이받고 발로 걷어차고, 벤자민은 몸을 홱 돌리며 조그만 뒷발굽으로 후려차기 시작한 거다. 하지만 인간은 몽둥이에다 징 박힌 장화로 무장한 터라 이번에도 동물이 대적하기엔 무리였다. 그러자 눈뭉치가 갑자기 날카롭게 소리쳐서 후퇴하란 신호를 보내니, 모든 동물이 일시에 돌아서며 농장 입구를 지나 마당으로 도망쳤다.

존스 일당은 승리의 함성을 질렀다. 그리고 예상대로 적이 도망치는 걸 깨닫고 마구 쫓아갔다. 눈뭉치가 의도한 결과였다. 그래서 말 세 마리와 소 세 마리와 나머지 돼지 모두 외양간에 미리 매복했다가 존스 일당이 마당으로 들어서는 순간, 뒤에서 일시에 몰려나오며 퇴로를 차단했다. 그와 동시에 눈뭉치는 돌격 명령을 내렸다. 그리고 자신도 존스에게 곧장 달려들었다. 존스는 그걸 보고 총을 들어서 발사했다. 산탄 총알 여럿이 눈뭉치 등을 이리저리 스치며 핏줄기를 만들고 양도 한 마리 쓰러져서 죽었다. 하지만 눈뭉치는 조금도 멈칫하지 않고 그대로 달려서 백 킬로그램이나 나가는 몸뚱이로 다리를 들이받았다. 존스는 똥 더미에 빠지고 총은 멀찌감치 날아갔다.

하지만 가장 무시무시한 동물은 복서로, 종마처럼 뒷다리로 우뚝 일어나서 편자가 박힌 거대한 앞발을 사정없이 휘둘렀다. 처음 휘두른 발에 '여우 숲' 농장 마구간 지기가 머리를 맞고 기절하며 진창에 그대로 널브러졌다. 그러자 몇몇 사람이 몽둥이를 내던지고 도망가기 시작했다. 모든 인간이 공포에 떨며 우왕좌왕하자 모든 동물이 합심해서 마당을 빙글빙글 돌며 공격했다. 뿔로 들이받고 발로 걷어차고 입으로 물어뜯고 몸뚱이로 깔아뭉갰다. 동물마다 나름대로 특기를 살려서 인간에게 복수했다. 심지어 고양이까지 지붕에서 갑자기 뛰어내리며 날카로운 발톱으로 목을 할퀴니, 소몰이꾼이 끔찍한 비명을 내질렀다.

탈출구가 열리는 순간, 인간은 다행으로 여기며 마당을 허둥지둥 벗어나 큰길로 쏜살같이 도망쳤다. 침공하고 채 오 분도 안 돼서 처음에 들어온 길로 도망치는 치욕을 감수하는데, 거위 무리는 야유를 내지르며 쫓아가서 종아리를 끊임없이 쪼아댔다.

한 명만 빼고 모든 인간이 도망쳤다. 복서는 마당으로 돌아가더니, 진흙 바닥에 얼굴을 처박은 마구간 지기를 발굽으로 밀어서 똑바로 돌리려고 했다. 그런데 마구간 지기가 꼼짝도 안 해서 복서는 슬퍼하며 말했다.

"저 사람이 죽었어. 죽일 생각은 없었어. 발굽에 무쇠 편자가 박힌 걸 내가 깜빡 잊었어. 일부러 이런 게 아니라는 걸 누가 믿을까?"

그러자 눈뭉치가 등에서 아직도 피를 뚝뚝 떨어뜨리며 소리쳤다.

"감상은 금물이오, 동지! 전쟁은 전쟁이오. 좋은 인간은 죽은 인간밖에 없소."

"목숨까지 빼앗을 생각은 없었어, 인간 목숨이라도."

복서가 같은 말을 반복하는데, 두 눈에 눈물이 가득했다.

그런데 누가 소리쳤다.

"몰리는 어디에 있지?"

정말로 몰리가 안 보였다. 갑자기 커다란 소동이 일어났다. 인간이 해쳤거나 데려갔을지 모른다고 모두 걱정했다. 그런데 결국에는 마구간 여물통에서 건초에 머리를 처박고 숨은 몰리를 찾아냈다. 인간이 총을 발사하는 순간에 도망친 거다. 동물들이 몰리를 찾아서 돌아오니까 죽은 줄만 알았던 마구간 지기는 어느새 정신을 차려서 도망치고 없었다.

동물이 모두 기뻐하며 다시 모여들어, 저마다 자신이 전투에서 세운 공을 목청껏 떠들어대며 자랑했다. 곧이어 승리를 축하하는 행사를 열었다. 깃발을 달고 ‘영국 동물’을 몇 차례 부른 다음에는 전사한 양을 기리며 장례식을 엄숙하게 거행하고 무덤가에 산사나무를 한 그루 심었다. 무덤 옆에서 눈뭉치는 짤막하게 연설하며, 어떤 동물이든 필요하다면 동물농장을 위해서 목숨을 바칠 수 있어야 한다고 강조했다.

동물들은 전공 훈장을 제정하기로 만장일치로 결의하곤 ‘동물 영웅 1급 훈장’을 눈뭉치와 복서에게 수여했다. 놋쇠로 만든 훈장은 말이 목에 걸던 낡은 놋쇠 장식으로 예전에 마구 창고에서 찾은 것인데, 일요일이나 경축일마다 착용할 수 있었다. 그리고 ‘동물 영웅 2급 훈장’도 제정해서 전사한 양에게 추서했다.

이번 전투에 붙일 이름을 둘러싸고 열띤 토론도 벌였다. 그래서 결국에는 ‘외양간 전투’라고 부르기로 했는데, 거기에서 매복병이 일제히 튀어나왔기 때문이다. 존스 총은 진흙 바닥에서 찾고, 탄약통이 본채에 있다는 사실도 확인했다. 그래서 깃대 밑에 대포처럼 세워놓고 일 년에 두 번씩 총을 발사하기로 했다. 한 번은 ‘외양간 전투’를 기념하는 시월 십이 일이고 한 번은 반역을 기념하는 성 요한 축일이었다.

V

겨울이 다가오는 사이에 몰리는 이런저런 문제를 일으켰다. 아침마다 일터에 늦게 나와서 늦잠 잤다는 핑계를 대거나 원인 모를 통증을 호소하는데, 식욕은 대단했다. 작업하는 도중에 어떤 구실을 대서라도 빠져나가 물 마시는 연못에서 수면에 비친 자신을 멍하니 바라보기도 했다. 그러다가 훨씬 심각한 소문이 나돌았다. 그래서 하루는 몰리가 마당에서 기다란 꼬리를 흔들고 건초 줄기를 씹으며 태평하게 걸어갈 때 클로버가 한쪽 구석으로 데려가서 이렇게 말했다.

"몰리, 너에게 아주 진지하게 물어볼 게 있어. 오늘 아침에 보니, 네가 우리 농장 경계선에서 울타리 너머로 '여우 숲'을 물끄러미 쳐다보더구나. 거기에는 필킹턴네 일꾼 한 명이 있고 말이야. 내가 먼 거리에서 보긴 했지만, 일꾼이 말을 걸며 다가와서 콧등을 쓰다듬으니까 너도 가만히 있는 것 같던데, 그런 이유가 뭐니, 몰리?"

그러자 몰리가 뒷발로 펄쩍펄쩍 뛰고 앞발로 땅바닥을 내차며 소리 쳤다.

"그 사람이 안 그랬어! 나는 안 그랬어! 그건 사실이 아니야!"

"몰리! 나를 똑바로 봐. 그 사람이 콧등을 정말 안 쓰다듬었다고 하늘에 걸고 맹세할 수 있어?"

"그건 사실이 아니야!"

몰리가 똑같이 소리치더니, 시선을 외면한 채 발굽을 구르고 땅을 박차서 들판으로 달렸다. 클로버는 짚이는 데가 있어서 다른 동물에게 아무 말 않고 몰리 마구간에 다가가 발굽으로 짚더미를 가만히 들추었다. 그러자 조금씩 모아둔 각설탕과 다양한 색깔의 리본이 뭉치로 나왔다.

사흘 후에는 몰리가 사라졌다. 어디로 갔는지 아무도 모르는 가운데 몇 주가 지나고 비로소 비둘기가 윌링턴 다른 구역에서 몰리를 보았다고 보고했다. 빨간색과 검은색이 산뜻한 이륜마차 끌채 사이에 매달린 채 음식점 앞에서 기다리더라는 것이다. 얼굴이 벌겋고 뚱뚱한 사내가 체크무늬 반바지에 각반을 두르고 다가와서 콧등을 쓰다듬으며 각설탕을 주는데, 음식점 주인처럼 보인다고 했다. 몰리는 털을 새로 깎고 앞 갈기에 자주색 리본도 달았다. 비둘기가 전한 바에 의하면 아주 만족스러운 표정이었다. 그날 이후로 몰리 얘기를 꺼내는 동물은 아무도 없었다.

일월에는 살을 에는 추위가 몰아쳤다. 대지가 쇳덩이처럼 단단하게 얼어붙어 밭에서 할 수 있는 작업은 하나도 없었다. 커다란 헛간에서 이런저런 모임만 수없이 열리고 돼지 무리는 다가올 봄에 작업할 계획을 짜는 데 열중했다. 돼지는 다른 동물에 비해 훨씬 똑똑하다는 사실을 입증한 터라 농장 정책 역시 돼지가 세우는 걸 모두 자연스럽게 받아들이고 나중에 모두가 투표해서 다수결로 결정하는 식이었다. 아주 효과적인 방식이라고 할 수 있지만, 눈뭉치와 나폴레옹 사이에서 일어나는 논쟁이 문제였다.

두 돼지는 의견이 다를 소지가 있을 때마다 충돌했다. 둘 가운데 하나가 보리를 많이 심자고 제안하면 다른 쪽은 귀리를 많이 심어야 한다며 반대하고, 둘 가운데 하나가 이런저런 장소는 양배추 농사에 적합하다고 하면 다른 쪽은 뿌리채소가 아니면 어떤 농사도 안된다고 우겼다. 둘은 각자 따르는 무리가 있어서 언제나 격렬한 논쟁으로 이어졌다.

모임 때마다 눈뭉치는 눈부신 연설로 다수에게 지지를 확보하는 반면, 나폴레옹은 틈날 때마다 유세하며 지지자를 끌어모으는 실력이 뛰어난데 특히 양에게 인기가 많았다. 최근에는 양이 시도 때도 없이 음매 하며 "네 다리는 좋고 두 다리는 나쁘다!"고 외쳐서 모임을 툭하면 방해하는데, 눈뭉치가 중요한 내용을 연설하는 순간이면 어김없이 끼어들어서 "네 다리는 좋고 두 다리는 나쁘다!"고 외치며 방해하는 모습이 특히 눈길을 끌었다.

눈뭉치는 존스 본채에서 묵은 잡지 '농부와 목축업자'를 여러 권 발견해 오랫동안 깊이 연구한 끝에 작업 시스템을 혁신적으로 개선할 방안을 다양하게 마련했다. 들판 배수처리와 저장시설 및 비료 문제에 대해 유식한 말을 늘어놓고 모든 동물이 밭으로 매일같이 나가서 다른 장소에 똥을 싸는 방법으로 비료 운반에 드는 노동력을 절약하는 복잡한 계획도 수립했다. 나폴레옹은 스스로 개선방안을 고안하는 대신 눈뭉치가 제시한 계획은 아무런 효과가 없다고 차분하게 주장하는 모양이 뭔가 때가 오기만 기다리는 것 같았다. 하지만 두 돼지가 벌인 논쟁 가운데서 풍차를 둘러싼 논쟁만큼 격렬한 건 없었다.

축사에서 그리 멀지 않은 기다란 방목장에는 농장에서 제일 높은 조그만 둔덕이 있었다. 눈뭉치는 주변을 샅샅이 조사한 다음에 작은 둔덕이야말로 풍차를 세우기에 가장 적합한 장소라고, 그래서 발전기를 돌리면 농장에 전기를 공급할 수 있다고 선언했다. 마구간마다 전등을 켜고 겨울을 따뜻하게 날 수 있으며, 전기톱이나 볏짚 절단기, 사탕무 써는 기계와 전동식 착유기도 작동할 수 있다는 것이다. 농장은 구식인 데다 기계라곤 케케묵은 구형이 전부라서 이런 말을 들은 적이 한 번도 없는 터라 농장 동물 모두 깜짝 놀란 표정으로 가만히 듣고, 눈뭉치는 기계가 모든 작업을 하는 동안 동물은 들판에서 한가로이 풀이나 뜯어 먹든가 책을 읽고 대화를 나누며 교양을 쌓는 환상적인 풍경을 마음에 떠올렸다.

그리고 서너 주가 지나는 동안 눈뭉치는 풍차에 대한 계획을 완벽하게 세웠다. 기술적인 문제는 주인 존스네 책 세 권으로 - '집수리에 유용한 천 가지 기술'과 '누구나 벽돌공이 될 수 있다', '초보자를 위한 전기 사용법'으로 - 모두 해결했다. 눈뭉치가 연구실로 사용하는 헛간 역시 원래 인공 부화실로 사용하느라 바닥 나무가 매끄러워서 도면을 그리기에 적합했다. 그래서 연구실에 한 번 들어가면 몇 시간이고 틀어 박혔다. 책을 이리저리 펼쳐서 돌로 고정한 다음, 앞발 발굽에 분필 조각을 끼우고 몸을 민첩하게 움직이며 선을 이리저리 긋다가 이따금 가느다랗게 꿀꿀거리며 만족스러운 표정을 떠올렸다.

풍차 도면은 크랭크축과 톱니바퀴가 얽히고설키면서 점차 복잡하게 변하더니 급기야 연구실 바닥을 절반 넘게 차지하고, 다른 동물은 전혀 이해를 못 하면서도 깊이 감동했다. 모든 동물이 눈뭉치가 그린 도면을 보려고 적어도 하루에 한 번은 들를 정도였다. 심지어 암탉과 오리도 찾아와서 분필로 그린 부분을 안 밟으려고 무진장 고생했다. 나폴레옹 혼자만 거리를 유지했다. 그는 처음부터 풍차 건설에 반대한다는 견해를 천명한 상태였다. 그런데 하루는 나폴레옹이 도면을 검사하겠다며 갑자기 찾아왔다. 그래서 헛간을 묵직하게 돌며 하나하나 꼼꼼하게 살피고 코를 대서 킁킁 냄새까지 한두 차례 맡더니, 한동안 가만히 서서 곁눈질로 찬찬히 살폈다. 그러다가 갑자기 한쪽 다리를 들어서 도면 여기저기에 소변을 누고 한마디 말도 없이 밖으로 나갔다.

농장 전체가 풍차 건설을 둘러싸고 입장이 확연하게 갈렸다. 눈뭉치는 풍차를 만드는 작업이 어려울 거라는 사실을 부인하지 않았다. 돌을 옮겨서 벽을 쌓고, 그런 다음에는 풍차 날개를 만들고, 그런 다음에는 발전기와 전선을 구해야 하는데, 이런 물건을 어떻게 구할지에 대해 눈뭉치는 아무 말도 안 했다. 그런데도 일 년이면 모든 작업을 마칠 수 있다고 장담했다. 그렇게 되면 노동력을 생산적으로 활용할 수 있으니 누구든 일주일에 삼 일만 일하면 충분할 거라고 선언했다.

한편, 나폴레옹은 지금 당장 중요한 건 작물 생산량을 늘리는 건데,

풍차 건설에 시간을 낭비하면 모두 굶어 죽을 거라고 주장했다. 동물들은 '눈뭉치와 주 삼 일 노동에 한 표를'과 '나폴레옹과 가득한 여물통에 한 표를'이라는 구호 아래 두 패로 나뉘었다. 어느 편에도 안 낀 동물은 당나귀 벤자민 하나가 전부였다. 벤자민은 식량이 대폭 늘어난다는 주장도, 풍차가 노동을 대신할 거라는 주장도 안 믿었다. 풍차가 있건 없건, 생활 자체는 옛날부터 지금까지 그런 것처럼 언제나 가혹하게 이어질 거라면서 말이다.

풍차를 둘러싼 논란과 별개로 농장 방어에 대한 문제도 있었다. 인간이 외양간 전투에 패했어도 농장을 되찾고 주인 자리로 복귀하려고 또다시 훨씬 단호하게 도발할 거란 사실은 충분히 예상할 수 있었다. 인간이 패주했다는 소문이 사방으로 퍼져나가는 바람에 주변 다른 농장에서 동물을 다루는 게 훨씬 어려워지는 등, 인간이 다시 쳐들어올 이유는 넘쳐흘렀다. 하지만 이 문제 역시 눈뭉치와 나폴레옹은 평소처럼 의견이 달랐다.

나폴레옹은 모든 동물이 총을 구해서 언제라도 사용하도록 연습해야 한다고 주장했다. 하지만 눈뭉치는 비둘기를 훨씬 많이 날려 보내 다른 농장 동물도 반역을 일으키도록 부추겨야 한다고 주장했다. 한쪽은 스스로 지킬 수 없으면 정복당할 수밖에 없다고 생각하고, 다른 한쪽은 사방에서 반역이 일어나면 스스로 방어할 필요가 없다고 생각한 거다.[1] 동물들은 처음에는 나폴레옹 말에 귀를 기울이다가도 눈뭉치 말을 들으면 그 말도 옳은 것 같아서 도무지 분간할 수 없었다. 누가 말하느냐에 따라 이리 흔들리고 저리 흔들리며 지지하는 마음이 변하기 일쑤였다.

마침내 하루는 눈뭉치가 풍차 설계도를 완성했다. 다가오는 일요일

---

1) 스탈린의 '일국사회주의론'과 트로츠키의 '영국혁명론'을 말한다.

에 모임을 열어서 풍차 건설을 강행할지 안 할지를 투표로 결정할 예정이었다. 이윽고 커다란 헛간에 동물들이 모이자 눈뭉치는 일어나, 양 무리가 음매 하고 소리치며 이따금 방해하는 가운데, 풍차 건설이 필요한 근거를 제시하기 시작했다. 그런 다음에 나폴레옹이 일어나서 반박했다. 풍차는 말도 안 되는 거라고 아주 조용히 말하고 아무도 찬성하지 말아야 한다고 충고한 다음, 자리에 그대로 앉았다. 발언 시간이 불과 삼십 초도 안 걸린 걸 보면 자신이 말한 내용에 대해 어떤 반응이 나오든 아무런 관심조차 없는 것 같았다.

그러자 눈뭉치가 벌떡 일어나더니, 다시 음매 하며 방해하는 양 무리에게 조용히 하라 소리치고, 풍차 건설이 필요한 이유를 열정적으로 호소했다. 지금까지 동물들은 양쪽 의견에 따라 정확하게 두 편으로 갈렸지만, 눈뭉치는 화려한 말솜씨로 동물들 마음을 단번에 사로잡았다. 그러면서 '동물농장'에서 노동이란 굴레를 모두 벗어던진 미래를 열심히 설파했다.

눈뭉치가 상상하는 미래는 볏짚 절단기나 순무 써는 기계 수준을 훨씬 능가했다. 전기만 있으면 탈곡기와 쟁기와 써레와 굴림대와 수확기나 짚단 묶는 기계를 작동하는 건 물론, 마구간마다 전깃불을 공급하고 냉온수도 실컷 쓰고 전기난로마저 켤 수 있다는 것이다. 그래서 눈뭉치가 말을 끝낼 즈음에는 어느 쪽으로 표를 던져야 할지 확실하게 드러났다. 하지만 바로 그 순간, 나폴레옹이 벌떡 일어나서 이상한 눈초리로 눈뭉치를 흘끔 쳐다보더니, 아무도 들어 본 적이 없는 음성으로 꿀꿀대며 교만하게 소리쳤다.

그러자 밖에서 으르렁거리며 무섭게 짖어대는 소리가 일더니, 덩치가 어마어마한 개 아홉 마리가 징이 날카로운 개목걸이를 차고 헛간으로 뛰어들었다. 그래서 곧바로 달려들어 이빨로 덥석 물려는 순간에 눈뭉치가 재빨리 일어나며 아슬아슬하게 피했다. 그래서 밖으로 도망치고 개 아홉 마리는 뒤를 쫓았다. 너무 놀랍기도 하고 무섭기도 해서 모든 동물이 입을 꾹 닫은 채 문가로 몰려가서 쫓고 쫓기는 장면을 지켜보았다.

눈뭉치는 큰길로 이어지는 기다란 목초지를 가로지르며 열심히 도망쳤다. 돼지가 낼 수 있는 최고 속도로 달리는데도 개 아홉 마리는 뒤꿈치를 바싹 쫓았다. 그러다가 갑자기 미끄러지는 바람에 곧바로 잡힐 것 같았다. 그러나 눈뭉치는 다시 일어나서 훨씬 빠르게 도망치고 개 아홉 마리는 거리를 계속 좁혔다. 한 마리가 꼬리를 물려는 찰나에 눈뭉치가 홱 움직이며 가까스로 피할 정도였다. 그리고 젖 먹던 힘까지 내며 달려서 간발의 차이로 울타리 구멍을 쏙 빠져나가 시야에서 완전히 사라졌다.

동물들은 공포에 질려서 입을 꾹 다물고 헛간으로 돌아왔다. 잠시 후에 개 무리도 힘차게 달려서 돌아왔다. 처음에는 개 아홉 마리가 어디에서 나타났는지 아무도 짐작을 못 했으나 의문은 금방 풀렸다. 예전에 나폴레옹이 두 어미에게서 떼어내 혼자 아무도 모르게 키운 강아지들이었다. 완전히 자란 것도 아닌데 벌써 덩치가 커다란 데다 늑대처럼 사나워 보였다. 개 아홉 마리는 나폴레옹 곁을 꼭 붙어 다녔다. 나폴레옹을 쳐다보며 꼬리를 흔드는 모습은 예전에 다른 개가 주인 존스를 쳐다보며 꼬리를 흔들던 모습 그대로였다.

개가 뒤에서 따라오는 가운데 나폴레옹은 우뚝 솟은 연단에, 예전에 메이저 영감이 서서 연설하던 연단에 올랐다. 그리고 이제부터 일요일 아침 모임은 없다며 이렇게 선언했다. 모임은 불필요하고 시간 낭비에 불과해, 앞으로 농장에 필요한 모든 작업은 돼지 특별 위원회에서 결정하는데 자신이 위원장을 맡는다. 위원회를 비공개로 열어서 결정한 사항을 동물에게 통보한다. 모든 동물은 예전처럼 일요일 아침에 모여서 깃발을 향해 경례하고 '영국 동물'을 노래하고 일주일 동안 작업할 사항을 전달받을 뿐, 토론 같은 건 더는 없다는 것이다.

동물들은 눈뭉치가 쫓겨나는 모습에 커다란 충격을 받은 데다 나폴레옹이 발표한 내용에 크게 낙담했다. 동물 가운데 몇몇은 명분만 제대로 찾으면 당장에라도 항의할 태세였다. 심지어 복서도 막연하게 불만스러웠다. 그래서 귀를 뒤로 젖히고 앞 갈기를 몇 번이나 흔들면서 생각을 정리하려고 애쓰지만 할 말을 끝내 떠올릴 수 없었다. 하지만 돼지 가운데 일부는 의견이 훨씬 또렷했다. 앞줄에 앉은 식용 돼지 네 마리가 못마땅해서 꿀꿀 소리를 날카롭게 내지르며 벌떡 일어나서 동시에 반대의견을 개진하려고 했다. 하지만 나폴레옹 주변에 앉은 개 무리가 나지막하게 으르렁대며 위협하자 네 마리 모두 입을 다물고 자리에 그대로 앉았다. 그러자 양들이 갑자기 음매 음매 하며 '네 다리는 좋고 두 다리는 나쁘다!'는 구호를 커다랗게 이십오 분이나 외쳐서 더는 논의할 수 없도록 만들었다.

그런 다음에는 꽥꽥이가 농장 곳곳으로 파견 나가서 여러 동물에게 새로운 제도를 설명하며 주장했다.

"동지 여러분, 나는 나폴레옹 동지가 희생정신을 발휘해서 스스로 어려운 일을 떠맡은 걸 여기에 모인 동물 모두 높이 평가할 거라고 확신하소. 동지 여러분, 지도자는 즐거운 역할이 아니오! 정반대라오! 아주 막중한 책임을 무한정 짊어지기 때문이오. 모든 동물은 평등하다는 사실을 나폴레옹 동지만큼 굳게 믿는 동물은 없소. 그래서 여러분 자신이 스스로 모든 걸 결정하도록 만들고 싶은 마음이 간절하오. 하지만 여러분은 엉뚱한 결정을 내릴 때가 많고, 그러다 보면 결국에는 어떻게 되겠소? 여러분이 풍차라는 터무니없는 말에 속아서 눈뭉치를 따르기로 했다고 가정해 보시오, 우리 모두 잘 알듯이, 범죄자에 불과한 눈뭉치를 말이오.”

그러자 누군가 소리쳤다.

“눈뭉치는 외양간 전투에서 용감하게 싸웠소!”

“용감한 것만으로는 부족하오. 충성과 복종이 훨씬 중요하오. 그리고 외양간 전투 얘기가 나왔으니 말인데, 눈뭉치가 세운 공이 엄청나게 과장되었다는 사실 역시 시간이 흐르다 보면 우리 모두 자연스럽게 깨달을 거라고 나는 굳게 믿소. 필요한 건 규율이오, 동지 여러분, 엄격한 규율! 바로 이게 오늘 내가 말하고 싶은 핵심이오. 우리가 한 걸음만 잘못 디뎌도 적들은 단번에 쳐들어올 거요. 동지 여러분, 설마 존스가 돌아오는 걸 바라진 않겠지요?”

이 말에 또다시 아무도 반박할 수 없었다. 동물들은 존스가 돌아오는 걸 바라지 않는 게 분명했다. 일요일 아침마다 토론하는 것 때문에 존스가 돌아올 가능성이 있다면 토론을 중단하는 게 훨씬 바람직했다. 복서는 여러 가지 문제를 곰곰이 생각하다가 동물 생각을 대변해서 말했다.

“나폴레옹 동지가 그렇게 말한다면 분명히 맞겠지요.”

그런 다음에는 ‘내가 더 열심히 일하면 돼!’라는 좌우명에 ‘나폴레옹 동지는 언제나 옳다’를 추가했다.

어느덧 날씨는 풀리고 쟁기질하는 봄이 찾아왔다. 동물들은 눈뭉치가 풍차 도면을 그린 헛간을 폐쇄하면서 설계도면 역시 깨끗하게 사라졌을 거로 생각했다. 매주 일요일 아침 열 시면 모든 동물이 커다란 헛간에 모여서 한 주 동안 작업할 내용을 전달받았다. 살점이 깨끗하게 떨어져 나간 메이저 영감 두개골을 과수원에서 파내어 깃대 밑 그루터기에다 총과 함께 세워놓은 상태였다. 그래서 깃발을 올린 다음이면 모든 동물이 차례로 줄지어서 메이저 영감 두개골 앞을 경건한 자세로 지나며 헛간으로 들어가야 했다.

이제는 예전처럼 모든 동물이 함께 앉지도 않았다. 나폴레옹은 꽥꽥이와 '꼬맹이'라는 돼지와 함께 높은 연단에서 제일 앞에 앉았다. '꼬맹이'는 노래를 작곡하고 시를 쓰는 재주가 탁월했다. 세 돼지 뒤에는 나폴레옹이 데리고 다니는 개 아홉 마리가 반원을 그리며 둘러앉고 그 뒤에는 다른 돼지가 앉았다. 나머지 동물은 헛간 중앙에 모여서 연단을 바라보며 앉았다. 나폴레옹은 군인처럼 무뚝뚝하게 일주일 동안 작업할 내용을 커다랗게 읽고, 그런 다음에는 모든 동물이 '영국 동물'을 한 차례 부르고 해산했다.

그러다가 눈뭉치를 추방하고 세 번째로 맞는 일요일에 나폴레옹이 풍차를 건설하겠다고 발표하는 말에 모든 동물은 깜짝 놀랐다. 그런데 나폴레옹은 생각을 바꾼 이유에 대해 아무런 설명도 않고, 풍차를 건설하려면 모두 열심히 일해야 하는데 상황에 따라서 사료 배급량을 줄여야 할 수도 있을 거라고 경고한 게 전부였다. 하지만 계획만큼은 세부사항까지 완벽하게 준비했다고 말했다. 돼지 특별 위원회에서 지난 삼주 동안 풍차 계획에 매달렸다는 것이다. 다른 다양한 시설을 개량하면서 풍차를 건설하려면 이년은 족히 걸릴 거란 예상도 발표했다.

그날 저녁에 꽥꽥이는 다른 동물을 찾아와서 나폴레옹이 풍차 건설을 진심으로 반대한 적은 한 번도 없다고 설명했다. 정반대라는, 애초에 풍차 건설을 처음 생각한 동물도 나폴레옹이라는, 그래서 종이에 설계도면을 그렸는데 그걸 눈뭉치가 훔쳐서 인공 부화실 바닥에 그린 거라는 주장도 했다. 실제로 풍차를 고안한 건 나폴레옹이라는 거다. 그렇다면 나폴레옹이 그토록 맹렬하게 반대한 이유는 무어냐고 누군가 물었다. 그러자 꽥꽥이는 아주 교활한 표정을 지었다. 그러면서 바로 그게 나폴레옹 동지가 아주 똑똑하다는 증거라고 대답했다. 겉으로 풍차 건설에 반대하는 것처럼 보인 건 눈뭉치가 위험한 성향으로 주변에 나쁜 영향만 미치는 걸 확인하고 제거하려는 작전에 불과한데, 이제 눈뭉치를 추방했으니 아무런 방해도 안 받고 풍차를 계획대로 건설할 수 있다는 거다. 그러면서 꽥꽥이는 '바로 그게 병법'이라고 말했다. 그러고는 명랑하게 웃는 표정으로 꼬리를 살랑거리면서 여기저기를 돌아다니며 '병법입니다, 여러분. 병법이에요!'라고 반복해서 말했다. 동물들은 무슨 말인지 확실히 이해할 순 없지만, 꽥꽥이가 말을 너무 잘하는 데다 개 세 마리가 함께 다니며 위협적으로 으르렁대는 바람에 궁금한 걸 더는 못 묻고 꽥꽥이 설명을 그대로 받아들였다.

VI

한 해가 다 가도록 동물들은 노예처럼 일했다. 하지만 고된 노동도 행복했다. 노력하고 희생하는 삶 자체가 즐거운 데다, 지금 자신들이 일하는 건 도둑질이나 일삼는 게으른 인간을 위한 게 아니라 모두 자신과 나중에 태어날 후손을 위한 거로 생각했기 때문이다.

봄부터 여름이 되도록 모든 동물이 일주일에 육십 시간씩 일하는데, 팔월에는 일요일 오후에도 일해야 할 거라고 나폴레옹이 공표했다. 원하는 동물만 참여하면 된다고. 하지만 추가 작업에 빠지는 동물은 사료 배급을 절반으로 줄인다고 했다. 그래도 못 끝낸 작업이 어느 정도 남을 수밖에 없었다. 작물 수확량은 전년과 비교하면 약간 줄어들고, 초여름에 뿌리채소 씨앗을 뿌려야 하는 밭 두 필지는 쟁기로 미리 충분히 안 갈아서 씨앗을 못 뿌렸다. 앞으로 닥쳐올 겨울을 힘들게 보낼 가능성이 크다는 걸 충분히 예상할 수 있었다.

풍차를 만드는 작업에는 생각지도 못한 문제가 발생했다. 농장에는 좋은 석회암 채석장이 있고 헛간에는 모래와 시멘트가 많으니, 풍차 건설에 필요한 재료는 충분했다. 하지만 석회암을 적당한 크기로 잘라내는 게 문제였다. 곡괭이와 쇠지레가 아니면 불가능할 것 같은데, 이런 도구를 사용할 동물이 하나도 없었다. 뒷다리로 일어나서 계속 버틸 수 있는 동물이 아예 없기 때문이다.

그래서 몇 주를 허송세월한 다음에 비로소 누군가 고민 끝에 그럴싸한 방법을 떠올렸는데, 중력을 이용한 방법이다. 거대한 바위 덩어리가 채석장 바닥 여기저기에 널렸는데 너무 커서 그대로 사용할 수 없었다. 그래서 밧줄을 둘러 바위를 단단히 묶은 다음에 소, 말, 양, 할 것 없이 밧줄을 잡을 수 있는 동물은 모두 달려들어서 – 아주 중요한 순간에는 돼지마저 합세해서 – 비탈길을 따라 채석장 정상으로 느리지만 필사적으로 끌어올려, 꼭대기에서 절벽 아래로 떨어뜨려 산산조각으로 부서뜨렸다. 깨진 바위를 옮기는 건 비교적 간단했다. 말은 수레에 담아서 옮기고 양은 바위를 하나씩 끌어당기고 뮤리엘과 벤자민은 몸에 멍에까지 걸치고 낡은 이륜 경마차를 끌며 자기 몫을 다했다. 늦여름에는 석재를 넉넉하게 비축해서 풍차를 세우기 시작하고 돼지들은 모든 과정을 감독했다.

하지만 건설 작업은 아주 느리고 힘들었다. 바위 하나를 채석장 꼭대기로 옮기는데 하루가 꼬박 걸릴 때도 많고, 절벽에서 떨어뜨린 바위가 안 깨질 때도 종종 있었다. 그런데 복서는 모든 동물을 합친 만큼이나 힘이 센 것처럼 보이고 그래서 복서가 없으면 제대로 할 수 있는 일 역시 하나도 없었다. 바위가 미끄러지기라도 해서 모든 동물이 비탈길 아래로 질질 끌리며 필사적으로 비명을 지를 때마다 온 힘을 다해서 밧줄을 잡아당겨 바위가 미끄러지는 걸 막는 건 언제나 복서였다. 복서가 바위를 끌고 비탈길을 따라 조금씩 힘겹게 오르며 숨은 가쁘게 내쉬고 발굽은 땅바닥을 파고 우람한 옆구리는 땀에 흠뻑 젖는 걸 보면 모두 감탄하지 않을 수 없었다. 클로버는 몸을 너무 혹사하지 않도록 조심하라고 툭하면 경고하지만, 복서는 그런 말에 신경도 안 썼다. 구호 두 개로 – '내가 더 열심히 일하면 돼!'와 '나폴레옹 동지는 언제나 옳다'는 구호로 – 모든 문제를 해결하는 것 같았다. 그래서 어린 수탉에게 아침마다 삼십 분 대신 사십오 분 일찍 깨워달라고 부탁하기도 했다. 그리고 조금이라도 짬이 나면 – 최근 들어서 이런 시간 자체가 적지만 – 혼자 채석장으로 가서 부서뜨린 바윗돌을 한 무더기 모아 아무런 도움도 없이 혼자 질질 끌며 풍차 공사 현장으로 옮기기도 했다.

일은 고되어도 여름 내내 식량 사정이 나쁘진 않았다. 존스 시절보다 먹이를 많이 배급받는 건 아니더라도 최소한 적게 받지는 않았다. 스스로 일해서 자신이 먹을 걸 생산할 뿐 낭비벽 심한 인간 다섯 명까지 구태여 먹여 살릴 필요가 없다는 사실이 극히 만족스러운 나머지 어떤 시련이라도 충분히 감내할 것 같았다. 게다가 작업 방식 자체를 효율적으로 개선해서 노동력을 다양하게 절감했다. 예를 들어, 잡초를 뽑는 작업은 인간으로선 도저히 불가능할 정도로 완벽하게 수행할 수 있었다. 그리고 도둑질하는 동물이 하나도 없으니, 울타리를 지어 경작지와 목초지를 구분할 필요도 없을뿐더러 울타리와 대문에 보초를 세울 필요도 없어서 노동력을 많이 절약할 수 있었다. 그런데 여름이 지나는 사이에 뜻밖으로 다양한 물품이 부족하단 사실이 점차 드러나기 시작했다. 등유와 못과 끈과 개 사료용 과자와 말편자를 만드는

데 필요한 쇠붙이 등이 부족한데 무엇 하나 농장에서 만들 수 없는 물품이었다. 나중에는 각종 씨앗과 화학비료를 비롯해 다양한 도구도 부족하고 풍차에 필요한 기계 부품마저 없는 실정이었다. 이런 물품을 전부 어떻게 구할지 아무도 답을 내놓을 수 없었다.

어느 일요일 아침에는 모든 동물이 작업 배정을 받으러 모이자 나폴레옹이 새로운 정책을 채택하겠다고 공표했다. 이제부터 인근 농장과 거래하겠다는 것이다. 물론 목적은 금전적인 이익이 아니라 긴급하게 필요한 물품을 구하는 거다. 풍차에 필요한 부품은 다른 무엇보다 시급한 과제라고 강조했다. 그래서 건초더미와 올해 수확한 밀을 일정량 파는 작업에 들어가고 나중에 돈이 더 필요하면 시장이 항상 열리는 월링턴에서 달걀을 팔 수밖에 없다고도 했다. 그러면서, 암탉 무리는 풍차 건설에 특별히 이바지하는 셈이니 이런 희생을 기꺼이 받아들여야 한다고 주장했다.

이번에도 동물들은 막연한 불안감을 느꼈다. 인간과 어떤 협상도 않고 상업적인 거래도 안 하며, 돈을 절대로 사용하지 않는다는 건 존스를 추방한 다음에 승리를 기념하며 첫 번째 회합을 열 때 가장 먼저 통과시킨 결의사항이 아니던가? 당시에 통과한 결의안을 모든 동물이 기억했다. 아니, 적어도 기억한다고 생각했다. 나폴레옹이 모임을 처음 폐지할 당시에 항의하던 돼지 네 마리가 쭈뼛거리며 불만을 얘기하려고 하더니, 개 아홉 마리가 사납게 으르렁거리는 바람에 즉시 입을 다물었다. 그러자 여느 때와 마찬가지로 양 무리가 나서며 "네 다리는 좋고 두 다리는 나쁘다!"고 외치기 시작해서 잠시나마 어색한 분위기를 무마했다. 결국, 나폴레옹은 앞발을 들어 장내를 진정시키더니 세부사항을 이미 모두 결정했다고 선언했다. 동물 가운데 누구도 인간과 직접 접촉할 필요는 없다고 했다. 동물 역시 인간을 대면하는 것만큼은 가장 피하고 싶을 터이니 말이다. 그래서 나폴레옹 자신이 모든 책임을 직접 감당할 작정이라고 했다. 윌링던에 사는 윔퍼 변호사가 매주 월요일 아침에 농장을 찾아와서 중개인 역할을 하는 식으로 '동물농장'을 바깥세상과 연결하며 모든 업무를 처리하기로 합의한 상태라면서 말이다. 그러더니 나폴레옹은 평소처럼 "동물농장이여, 영원하라!"고 외치며 연설을 마치고, 동물 무리는 '영국 동물'을 부르고 해산했다.

그런 다음에 꽥꽥이는 농장을 한 바퀴 돌면서 동물들 마음을 달래며 이렇게 주장했다. 인간하고 거래하거나 화폐를 사용하면 안 된다는 결의안은 통과한 적도 없고 애초에 제안한 적도 없다. 단순한 착각에 불과한데, 그런 말이 나오게 된 출처를 쫓아가다 보면 결국에는 눈뭉치가 퍼뜨린 거짓말이 나온다는 것이다. 그래도 몇몇 동물이 여전히 미심쩍어하자, 꽥꽥이는 날카로운 질문을 던졌다.

"여러분은 그걸 잠자면서 꿈에서 본 게 아니라고 확신하오, 동지 여러분? 그렇게 결의한 내용을 기록한 문서가 있소? 어디에 적어두기라도 했소?"

그리고 보니 그런 기록을 남긴 적이 없다는 건 분명한 사실이라서 동물들은 자기네가 착각했다고 순순히 인정했다.

윔퍼 변호사는 미리 정한 대로 매주 월요일마다 농장을 찾아왔다. 음흉한 표정에 구레나룻을 기른 조그만 사내는 그저 그런 변호사 사무실을 조그맣게 운영하지만, '동물농장'에서 조만간 중개인이 필요할 거라는 사실을, 그래서 수수료를 짭짤하게 챙길 수 있을 거라는 사실을 누구보다 먼저 눈치챌 정도로 약삭빨랐다. 동물들은 윔퍼 변호사가 드나드는 광경을 근심 어린 눈으로 바라보면서 최대한 멀찌감치 피했다. 그렇지만 나폴레옹이 네 발로 서서 윔퍼 변호사에게 - 두 발로

선 인간에게 – 이것저것 지시하는 모습에 자부심도 느끼면서 새로운
정책을 어느 정도 받아들였다.

　동물이 인간과 맺는 관계는 이제 예전과 많이 달랐다. '동물농장'이
점차 번성하자 사람들은 단순히 싫어하는 정도가 아니라 여느 때와
비교할 수 없을 정도로 증오했다. '동물농장'은 조만간 파산할 것이고,
풍차는 당연히 실패하고 말 거라는 신념이 확고했다. 술집에서 만나는
사람마다 풍차는 무너질 수밖에 없으며 설사 그대로 서 있다 해도
절대 작동할 리 없다고 도표까지 그려가며 입증하려고 애썼다. 하지만
동물끼리 농장을 효율적으로 꾸려가는 모습에 존경심 비슷한 감정이
생기는 것 역시 어쩔 수 없었다. 이런 현상을 보여주는 사례는 사람들
이 '중세 영지 농장'이라는 이름을 억지로 고집하는 대신 '동물농장'이
라고 제대로 부르기 시작했다는 사실에서 잘 드러났다. 게다가 존스를
주인으로 옹호하는 현상도 사라지고, 존스 자신도 농장을 되찾겠다는
희망을 벌써 포기하고 다른 지역으로 완전히 떠났다. 윔퍼를 제외하면
바깥세상에서 '동물농장'과 접촉하는 사람은 아직 없지만, 나폴레옹이
'여우 숲' 농장주 필킹턴이나 '조각 들판' 농장주 프레더릭과 손을 잡을
건데, 양쪽과 동시에 손잡을 가능성은 조금도 없다는 소문이 끊임없이
돌았다.

　돼지 무리가 존스 본채로 갑자기 들어가서 살기 시작한 건 바로
이즈음이었다. 그렇게 안 하기로 초창기에 결의한 내용을 동물들이
다시 떠올렸으나 이번에도 꽥꽥이는 그건 완전히 다른 이야기라고
주장하며 설득했다. 돼지는 농장에서 두뇌 역할을 하니 안에 들어가서
조용히 작업할 장소가 필요한 건 지극히 당연하다. 게다가 지도자다운
품위를 유지하려면 (최근 들어 꽥꽥이는 나폴레옹을 언급할 때마다
'지도자'라는 호칭을 붙이는데) 한낱 돼지우리보다 주택에서 지내는

게 훨씬 적합하다는 것이다.

그렇지만 몇몇 동물은 돼지 무리가 주방에서 식사하고 거실에서 여가를 즐길 뿐 아니라 잠도 침대에서 잔다는 얘기를 듣고 동요했다. 복서는 평소처럼 "나폴레옹 동지는 언제나 옳다!"는 말로 가볍게 넘겼으나 클로버는 침대 사용을 금지한다는 원칙을 정한 기억이 분명히 나는 것 같아 헛간 끝으로 가서 벽에 적어놓은 '일곱 계명'을 살피려고 했다. 하지만 자신이 할 수 있는 건 글자를 하나하나 읽는 것밖에 없다는 사실을 깨닫고 뮤리엘을 데려와서 부탁했다.

"뮤리엘, 네 번째 계명을 읽어줘. 침대에서 자면 절대로 안 된다는 내용 아니야?"

그래서 뮤리엘은 단어를 더듬거리면서 힘들게 읽다가 마침내 선언했다.

"'동물은 시트가 있는 침대에서 자지 말아야 한다'고 적혀있어."

클로버는 네 번째 계명에서 '시트'라는 단어를 처음 보는 것 같은 이상야릇한 기분이 들었다. 하지만 벽에 그렇게 적힌 걸 보면 애초에 그렇게 적은 게 분명했다. 바로 그 순간에 꽥꽥이가 개 두세 마리를 데리고 우연히 지나다가 자초지종을 제대로 설명했다.

"우리 돼지는 이제 본채 침대에서 잠잔다는 사실을 두 동지도 들었소? 그러면 안 되는 이유라도 있소? 침대에서 자면 안 된다는 규칙이 있다고 누구도 단언할 순 없는 거 아니오? 침대는 말 그대로 잠자는 장소요. 따지고 보면 마구간에 깔아놓은 짚더미도 침대라오. 규칙으로 금지하는 건 '시트'예요, 인간이 만들었으니까. 우리 돼지는 본채 침대에서 시트를 모두 벗겨낸 다음에 담요를 깔고 덮는다오. 그래도 아주 편안하오! 하지만 내가 분명히 말할 수 있는 건 우리가 최근에 시작한 두뇌 작업에 적합할 정도로 만족스러운 건 아니라는 거요, 동지들. 여러분이 원하는 건 우리 돼지가 잠을 못 자는 게 아닐 거요, 그죠, 동지들?
우리가 너무 피곤해서 의무를 다하지 못하는 사태를 바라는 건 아니겠
지요? 설마 인간 존스가 돌아오길 바라는 동지는 없겠지요?"

이 말이 나오자마자 두 동물은 꽥꽥이에게 당연하다 대답하고, 돼지
들이 본채 침대에서 잠자는 것에 대해서도 다시는 문제 삼지 않았다.
그리고 며칠 후에는 돼지 무리가 이제부터 다른 동물보다 아침에 한
시간 늦게 일어난다고 발표해도 불평하는 동물이 전혀 없었다.

가을에는 모든 동물이 힘들어도 행복했다. 한 해를 힘들게 보낸
데다 건초와 옥수수 일부를 팔아서 겨울에 먹을 식량은 부족해도 풍차
를 보면 마음이 편안했다. 벌써 절반이나 만든 것이다. 추수를 마친
다음에도 맑고 건조한 날씨가 쭉 이어지고, 동물들은 벽을 조금이라도
올릴 수 있다면 공사장을 온종일 오가며 돌덩이와 씨름하는 노동도
가치가 충분하다고 생각하면서 어느 때보다도 열심히 일했다. 심지어
복서는 밤마다 밖으로 나와서 환한 보름달 달빛을 받으며 한 시간이든
두 시간이든 혼자 열심히 일했다.

시간이 날 때마다 동물들은 절반이 올라간 풍차 주변을 맴돌고 또
맴돌며 수직으로 치솟은 튼튼한 벽에 감동하고 이렇게 훌륭한 건축물
을 자기네가 세웠다는 사실에 감탄했다. 늙은 당나귀 벤자민 혼자만
풍차에 열광하지 않고, 당나귀는 오래 산다는 알쏭달쏭한 말만 평소처
럼 중얼거릴 뿐이었다.

십일월이 오고 남서풍이 무섭게 몰아쳤다. 비가 너무 많이 오는
바람에 시멘트를 섞을 수 없어서 풍차 건설을 중단했다. 그러더니 한
번은 밤에 돌풍이 거세게 몰아쳐서 축사마다 기초부터 흔들리고 헛간
지붕은 기와 여러 장이 바람에 날아갔다. 암탉은 총포를 쏘는 소리가
멀리서 들리는 꿈을 동시에 꾸고 공포에 질려서 꼬꼬댁거리며 잠에서

깨어났다. 아침에 우리 밖으로 나오니, 깃대가 쓰러지고 과수원 밑에
서는 느릅나무 한 그루가 무처럼 뿌리째 뽑힌 게 보였다. 이런 장면을
목격한 직후에 동물마다 목구멍에서 절망 어린 비명이 터져 나왔다.
끔찍한 광경이 눈앞에 펼쳐졌다. 풍차가 무너진 거다.

동물들은 풍차가 무너진 현장으로 대뜸 달려갔다. 평소에 뜀박질을
않던 나폴레옹이 제일 앞에서 달릴 정도였다. 그렇다, 풍차가 쓰러졌
다. 갖은 고생을 하며 힘겹게 일군 결실이 토대까지 허물어졌다. 어렵
사리 부수어서 옮긴 돌이 여기저기에 흩어졌다. 처음에는 어안이 벙벙
하여 아무 말도 못 하고 모두 가만히 서서 곳곳에 널린 돌덩이만 구슬
프게 바라보았다. 나폴레옹은 아무 말 없이 이리저리 서성이다가 가끔
코를 땅에 대고 킁킁대며 냄새를 맡았다. 꼬리를 뻣뻣하게 추켜세워서
좌우로 급하게 씰룩거리는 걸 보면 정신적으로 무척 흥분한 게 분명했
다. 그러더니 모든 걸 깨달았다는 듯 갑자기 동작을 멈추며 나지막하게
말했다.

"동지 여러분, 이런 짓을 누가 저질렀는지 아시오? 한밤중에 몰래
들어와서 우리 풍차를 무너트린 원수가 누군지 아시오? 바로 눈뭉치요!"

그러더니 갑자기 우레와 같은 목소리로 소리쳤다.

"눈뭉치가 이런 짓을 저질렀소! 순전한 악의로, 우리 계획을 방해하
고 수치스럽게 쫓겨난 걸 복수할 생각으로 반역자가 한밤중에 여기로
몰래 기어들어 우리가 일 년 가까이 공들인 풍차를 파괴했소. 동지
여러분, 지금 이 자리에서 나는 눈뭉치에게 사형을 선고하는 바이오.
누구든 눈뭉치를 정의롭게 처단하는 동물에게 '동물 영웅 2급 훈장'을
수여하고 사과 반 상자를 부상으로 주겠소. 생포하면 사과 한 상자를
주겠소!"

눈뭉치가 그런 악행까지 저지를 수 있다는 사실에 모든 동물은 엄청

난 충격을 받았다. 어디선가 분개하는 소리가 일어나고 동물마다 눈뭉치가 돌아오면 어떻게 붙잡을지 다양하게 궁리하기 시작했다. 둔덕하고 조금 떨어진 잔디밭에서 돼지 발자국이 여러 개 찍힌 걸 발견하기도 했다. 삼사 미터 이어지다가 끊어지는데, 울타리에 난 구멍으로 나아가는 것 같았다. 나폴레옹은 발자국마다 코를 킁킁대며 냄새를 맡곤 눈뭉치가 남긴 자국이라고 선언했다. 그러면서 눈뭉치가 '여우 숲' 농장 쪽에서 온 것 같다는 의견을 덧붙였다. 그리고 발자국을 모두 검사한 다음에 소리쳤다.

"더는 지체할 수 없소, 동지 여러분! 우리에겐 할 일이 있소. 바로 오늘 아침부터 풍차를 다시 세우는 작업에 들어가, 겨우내 비가 내리건 안 내리건 작업하는 거요. 그래서 파렴치한 반역자에게 우리 과업을 쉽게 망칠 수 없다는 사실을 보여주는 거요. 명심하시오, 동지 여러분, 우리 계획에 수정이란 있을 수 없소. 임무를 완성하는 날까지 밀고 나아가야 하오. 모두 전진합시다, 동지 여러분! 풍차 만세! 동물농장 만세!"

VII

겨울은 혹독했다. 폭풍이 몰아치더니 진눈깨비와 눈을 퍼붓고, 꽁꽁 얼어붙은 얼음은 이월이 다 가도록 녹을 생각을 안 했다. 동물은 풍차를 다시 만드는 일에 최선을 다했다. 바깥세상이 자기네를 지켜보는데, 풍차를 제때 못 만들면 질투심 많은 인간이 의기양양하며 기뻐할 게 분명했다.

앙심을 품은 인간들은 풍차를 파괴한 범인이 눈뭉치라는 사실을 안 믿는 척했다. 벽을 너무 얇게 쌓아서 풍차가 무너진 거라고 쑥덕거릴 뿐이었다. 하지만 동물들은 그렇지 않다고 생각했다. 그런데도 전에 45㎝ 두께로 쌓았다면 이번에는 90㎝를 쌓는다는데, 이건 돌덩이를 그만큼 많이 깨고 많이 운반해야 한다는 의미였다.

그런데 채석장에 눈이 잔뜩 쌓여서 오랫동안 아무 일도 할 수 없었다. 뒤이어 나타난 춥고 건조한 날씨에 열심히 일했지만, 작업은 잔인할 정도로 힘들고 동물은 예전 같은 희망을 느낄 수 없었다. 항상 추위에 떠는 데다 툭하면 굶었다. 복서와 클로버 둘만 희망을 지켜나갔다. 봉사의 기쁨과 노동의 존엄성에 대해 꽥꽥이가 기막힌 연설을 했지만, 동물들은 복서가 "내가 더 열심히 일할게!" 하고 변함없이 외치며 강력한 힘을 발휘하는 모습에 훨씬 많이 감동했다.

일월에는 식량이 부족했다. 곡식 배급이 눈에 띄게 줄더니, 감자를 추가로 배급해서 부족한 부분을 메우겠다는 발표가 나왔다. 그런데 짚으로 덮어놓은 감자가 대부분 얼었다는 사실을 발견했다. 짚을 충분히 두껍게 안 덮은 거다. 감자는 물렁물렁한 데다 색깔까지 변해서 극히 일부만 먹을 수 있었다. 그래서 동물들은 연거푸 며칠 동안 왕겨와 사탕무 외에 아무것도 못 먹었다. 굶어 죽는 현실이 바로 눈앞에서 벌어질 것 같았다.

이런 사실을 바깥세상에 숨기는 건 아주 중요했다. 풍차가 무너지면서 기가 살아난 인간들은 '동물농장'에 대해 새로운 거짓말을 늘어놓았다. 동물이 기근과 질병으로 죽고 자기네끼리 끊임없이 싸우면서 동족은 물론 어린 새끼마저 서슴없이 잡아먹는다는 소문이 또다시 퍼져나가기 시작했다. 나폴레옹은 외부에서 식량 사정을 정확히 파악하면 심각한 결과가 뒤따를 거란 사실을 잘 알기에 실제와 정반대인 소문을 내려고 윔퍼 변호사를 이용하기로 마음먹었다.

당시까지 동물은 일주일에 한 번씩 찾아오는 윔퍼와 거의 아무런 접촉도 안 했다. 그런데 이번에는 나폴레옹이 동물 일부를 - 주로 양을 - 선발해서 배급량이 늘었다는 얘기를 자연스럽게 언급해서 윔퍼 귀에 들어가도록 하라고 지시했다. 헛간에 늘어선 빈 통에 모래를 가득 채운 다음에 남은 곡식과 사료로 덮으라는 지시도 내렸다. 그러고는 적당한 핑계를 대며 윔퍼를 헛간으로 데려가서 저장한 곡식을 힐끗 보도록 만들었다. 윔퍼는 완전히 속아서 '동물농장'에는 식량 부족 사태가 없다고 바깥세상에 끊임없이 알렸다.

그런데 일월이 끝날 무렵에는 어디서든 곡식을 조달해야 한다는 사실이 또렷하게 드러났다. 사정이 이런데도 나폴레옹은 동물 앞에 모습을 좀처럼 안 드러내고 본채에 시종일관 틀어박힌 채 출입구마다 사나운 개를 세워놓았다. 행여나 밖으로 나올 때는 개 여섯 마리가 바싹 에워싸며 호위해서 누가 너무 가까이 다가오기라도 하면 으르렁 대는 게 관례였다. 심지어 일요일 아침 모임도 툭하면 빠지고 다른 돼지를 통해 명령을 전달하는데, 주로 꽥꽥이였다.

어느 일요일 아침에 꽥꽥이는 알을 이제 막 낳기 시작한 암탉 무리에 게 달걀을 전부 넘기라고 선언했다. 나폴레옹이 윔퍼를 통해서 일주일 마다 달걀 400개를 팔기로 계약한 것이다. 달걀을 판매한 돈으로 곡식 과 사료를 구해서 여름에 식량 상황이 풀릴 때까지 버티어야 한다며 말이다.

이 말을 듣는 순간, 암탉들은 끔찍한 비명을 내질렀다. 이런 희생이 필요할 수도 있다는 경고를 예전에 들었지만, 이런 일이 정말 일어날 거란 생각은 안 한 것이다. 암탉들은 봄에 부화할 준비를 하면서 이제 막 알을 품은 터라, 지금 달걀을 가져가는 건 마구잡이로 살육하는 것과 마찬가지라며 항의했다. 존스를 쫓아낸 이후 처음으로 폭동 비슷한 상황이 벌어졌다. 젊고 까만 미노르카 암탉 세 마리가 주동하는 가운데 모든 암탉이 나폴레옹 계획을 막기 위해 단호하게 투쟁했다.

이들이 선택한 방법은 서까래로 날아올라서 알을 낳아, 바닥에 그대로 떨어뜨려 산산조각내는 식이었다. 나폴레옹은 신속하고 무자비하게 대응했다. 암탉에게 식량 배급을 중단하도록 명령한 다음, 옥수수 낟알 하나라도 주는 동물은 누구든 사형에 처한다고 선포했다. 개는 이런 명령을 제대로 수행하는지 감시했다. 암탉 무리는 닷새 동안 저항하다가 마침내 항복하고 둥지로 돌아갔다. 그러는 사이에 암탉 아홉 마리가 목숨을 잃었다. 주검 아홉 구는 과수원에 묻고 전염병에 걸려서 죽었다고 발표했다. 윔퍼는 이런 사정을 조금도 모르고, 달걀은 예정대로 준비하고, 식료품 차량은 일주일에 한 번씩 농장으로 와서 달걀을 가져갔다.

이러는 내내 눈뭉치는 조금도 안 보였다. 이웃에 있는 '여우 숲' 농장 아니면 '조각 들판' 농장에 숨어서 지낸다는 소문만 돌았다. 이즈음에 나폴레옹은 다른 농장주와 예전보다 약간 좋은 관계를 유지했다. 아담한 너도밤나무 숲을 십 년 전에 베어내면서 차곡차곡 쌓아 놓은 목재 더미가 마당에 있었다. 건조가 잘 된 상태라서, 윔퍼는 그걸 내다 팔라고 나폴레옹에게 조언했다. 두 농장주 필킹턴과 프레더릭이 그걸 사려고 애태웠다. 나폴레옹은 누구에게 팔아야 할지 마음을 못 정하고 두 사람 사이에서 망설였다. 나폴레옹이 프레더릭하고 계약하려고 마음먹을 때면 눈뭉치가 '여우 숲' 농장에서 숨어 지낸다는 소문이 들리고, 필킹턴에게 마음이 기울면 눈뭉치가 '조각 들판' 농장에서 숨어 지낸다는 얘기가 돌았다.

그런데 이른 봄에 놀라운 음모가 느닷없이 드러났다. 눈뭉치가 밤마다 농장을 슬그머니 다녀간다는 거다! 동물들은 너무 불안한 나머지 우리에서 제대로 잠잘 수도 없었다. 소문에 의하면, 밤마다 눈뭉치가 어둠을 틈타고 살그머니 들어와서 온갖 나쁜 짓을 저질렀다. 곡식을 훔치고, 우유 통을 쓰러뜨리고, 달걀을 깨뜨리고, 못자리를 짓밟고, 과일나무마다 껍질을 물어뜯는다고 했다. 그러다 보니 무슨 문제가 생길 때마다 자연스레 눈뭉치 탓으로 돌아갔다. 창문이 깨지거나 배수 관이 막혀도 간밤에 눈뭉치가 들어와서 한 짓이라는 말이 자연스럽게 나오고 곡식 창고 열쇠가 사라져도 눈뭉치가 우물에다 던져버린 게 분명하다고 모두 확신했다. 정말 이상한 건 잃어버린 열쇠를 식량 포대 밑에서 발견한 다음에도 눈뭉치가 한 짓으로 계속 믿는다는 사실이다. 젖소 무리는 눈뭉치가 외양간에 몰래 들어와서 자기네가 자는 사이에 우유를 짜 간다고 이구동성으로 떠들어댔다. 겨우내 골치를 썩인 쥐들 역시 눈뭉치와 한통속이라는 소문도 돌았다.

　나폴레옹은 눈뭉치가 벌이는 행적을 철저하게 조사하겠다고 선언했 다. 그래서 개들을 데리고 축사를 일일이 돌아다니며 샅샅이 살피고, 다른 동물은 상당한 거리를 유지하며 조심스레 뒤따랐다. 나폴레옹은 몇 걸음마다 어김없이 멈춰서 눈뭉치가 남긴 발자국을 찾기 위해 땅바 닥에 코를 대고 킁킁거리는데, 자신은 냄새를 맡으면 무엇이든 찾아낼 수 있다는 것이다. 그래서 헛간과 축사와 닭장과 채소밭을 돌아다니며 모서리마다 킁킁댄 결과, 거의 모든 곳에서 눈뭉치 흔적을 발견했다. 코를 땅에 대고 숨을 몇 번 깊게 들이마시다가 "눈뭉치! 눈뭉치가 여기 에 다녀갔다! 눈뭉치 냄새가 또렷하게 난다!"고 섬뜩하게 외치는 식인 데, '눈뭉치'라는 말이 나올 때마다 모든 개가 등골이 오싹할 정도로 무섭게 으르렁대면서 날카로운 이빨을 드러냈다.

　동물들은 완전히 겁먹었다. 눈뭉치가 사방으로 스며들어 온갖 위험

한 짓을 벌이고 위협하며 눈에 안 보이는 영향력을 행사하는 느낌이었
다. 그러더니 저녁에는 꽥꽥이가 동물을 모두 불러 모아, 큰일이라도
난 것 같은 표정으로 매우 심각한 소식을 전하겠다면서, 불안한 듯
말을 살짝 더듬으며 소리쳤다.

"동지 여러분! 참으로 끔찍한 걸 발견했습니다. '조각 들판' 농장주
프레더릭이 우리를 공격해서 농장을 빼앗으려는 음모를 꾸미는데 눈뭉
치가 거기에 빌붙었습니다! 공격을 시작하면 눈뭉치가 길잡이 노릇을
한다는 겁니다. 더 나쁜 소식도 있습니다. 우리는 눈뭉치가 반역한 건
허영심과 야심 때문이라고 생각했습니다. 하지만 우리 생각이 틀렸습
니다, 동지 여러분. 진짜 이유가 무언지 아십니까? 눈뭉치는 처음부터
존스와 한패였습니다. 존스 밑에서 줄곧 비밀 첩자 노릇을 한 겁니다.
눈뭉치가 남긴 서류를 이제 막 발견해서 이런 사실을 전부 확인했습니
다. 그러고 나니 아주 많은 의문점이 풀리는 것 같습니다, 동지 여러분.
다행히 실패했지만 '외양간 전투'에서 우리가 패하고 파멸하도록 눈뭉
치가 어떻게 했는지 우리 눈으로 똑똑히 보지 않았습니까?"

동물들은 커다란 충격을 받았다. 풍차 파괴는 상대도 안 될 만큼
악랄한 짓이었다. 하지만 동물들이 충분히 이해하는 데에는 몇 분이
걸렸다. 눈뭉치가 '외양간 전투'에서 어떻게 앞장서며 싸우고, 상황이
변할 때마다 동물을 어떻게 규합하고 격려했는지, 존스가 쏜 총알에
등을 다친 순간에도 멈추지 않고 어떻게 싸웠는지 모두 똑똑히 기억하
기 때문이다. 아니 기억하는 것 같았기 때문이다. 처음에는 이런 기억
때문에 눈뭉치가 존스 편이라는 사실을 받아들이는 게 약간 어려웠다.
좀처럼 질문을 않는 복서조차 어리둥절했다. 그래서 앞다리를 구부리
고 엎드린 채 두 눈을 감고 생각을 정리하느라 무진장 애쓰다가 꽥꽥이
에게 불쑥 말했다.

"나는 그 말을 못 믿겠소. 눈뭉치는 '외양간 전투'에서 용감하게 싸웠소. 내 눈으로 똑똑히 봤소. 그래서 전투가 끝나자마자 눈뭉치에게 '동물 영웅 1급 훈장'을 수여하지 않았소?"

"그건 우리가 실수한 거요, 동지. 눈뭉치가 실제로 우리를 파멸로 유도하려고 애썼다는 사실을 이제 비로소 확실히 깨달았기 때문이오. 우리가 발견한 비밀문서에 그런 내용이 전부 적혀있소."

꽥꽥이 설명에 복서가 다시 말했다.

"하지만 눈뭉치는 상처를 입었소. 눈뭉치가 피를 흘리며 돌진하는 광경을 우리 모두 목격했소."

그러자 꽥꽥이가 소리쳤다.

"그것 역시 사전에 합의한 사항이오! 존스가 쏜 총알은 그냥 스친 것에 불과하오! 눈뭉치가 여기에 대해서 직접 기록한 내용을 여러분에게 보여줄 수도 있소, 동지가 글을 읽을 수 있다면. 눈뭉치를 위해서 만든 각본으로, 중요한 순간에 도망치라고 신호해서 적에게 농장을 넘겨주도록 한 거요. 그래서 눈뭉치는 거의 성공했소. 감히 말하는데, 동지 여러분, 위대한 지도자 나폴레옹 동지만 없었다면 확실히 성공했을 거요. 존스 일당이 안마당까지 쳐들어온 바로 그 순간에 눈뭉치가 갑자기 몸을 돌려서 도망가고 많은 동물이 뒤따른 사실을 여러분은 기억나지 않소? 그래서 우리 모두 공포심에 휩싸인 채 모든 걸 잃을 것 같던 바로 그 순간에 나폴레옹 동지가 '인간을 죽이라!'고 외치며 앞으로 돌격해서 존스 다리를 물던 장면도 기억나지 않소? 그건 분명히 기억하겠지요, 동지 여러분?"

꽥꽥이가 소리치며 이리저리 뛰어다녔다. 당시 상황을 너무 생생하게 묘사하자, 동물들은 정말로 그런 장면이 기억나는 것 같았다. 어쨌든, 전투가 급하게 벌어지는 순간에 눈뭉치가 도망치려고 몸을 돌린 사실만큼은 확실히 기억났다. 하지만 복서는 여전히 미심쩍었다. 그래서 다시 말했다.

"나는 눈뭉치가 처음부터 배신자였다는 말을 믿을 수 없소. 나중에 눈뭉치가 저지른 행동은 다른 문제요. 하지만 '외양간 전투'에서는 훌륭한 동지였다고 믿소."

그러자 꽥꽥이는 아주 느긋하면서도 단호하게 선언했다.

"우리 지도자 나폴레옹 동지는 눈뭉치가 처음부터, 반역을 꿈꾸기 훨씬 전부터, 존스 첩자였다고 또렷하게 – 아주 또렷하게, 동지 – 언급했소."

그러자 복서가 대답했다.

"아, 그러면 다르지요! 나폴레옹 동지가 그랬다면 그 말이 맞겠지요."

"당연히 그렇게 나와야지요, 동지!"

꽥꽥이가 소리치고 조그만 눈을 번뜩이며 복서를 험악하게 쳐다보았다. 그리곤 가려고 돌아서다가 동작을 멈추더니, 한마디 더 쏘아붙였다.

"나는 우리 농장에 있는 모든 동물에게 두 눈을 항상 커다랗게 뜨고 주변을 살피라고 경고하는 바이오. 지금 이 순간에도 눈뭉치 밑에서 일하는 첩자들이 우리 가운데 숨어서 기회만 엿본다고 생각할 근거는 충분하니 말이오!"

나흘 뒤 늦은 오후, 나폴레옹은 모든 동물에게 마당으로 모이라고 지시했다. 그러더니 훈장 두 개를 (최근에 자신에게 수여한 '동물 영웅 1급 훈장'과 '동물 영웅 2급 훈장'을) 모두 걸고 본채에서 나오는데, 옆에서는 커다란 개 아홉 마리가 주변을 껑충껑충 뛰어다니며 으르렁거려서 동물마다 등줄기가 오싹하도록 만들었다. 모든 동물이 자기 자리에서 말없이 움츠러든 모습은 조만간에 벌어질 끔찍한 사태를 예고하는 것 같았다.

나폴레옹은 가만히 서서 매서운 눈초리로 청중을 살피더니, 아주 날카로운 소리를 뱉어냈다. 그와 동시에 개들이 앞으로 뛰쳐나오면서 돼지 네 마리에게 달려들어 귀를 물고서 고통과 공포에 질려 꽥꽥 울어대는 돼지를 나폴레옹 앞으로 끌어냈다. 돼지 네 마리는 귀에서 피를 흘리고 개들은 피 맛을 보는 순간 완전히 미친 것처럼 보였다. 그러더니 개 세 마리가 복서에게 몸을 날리고, 동물은 모두 깜짝 놀랐다. 하지만 개 세 마리가 달려드는 순간에 복서는 거대한 앞발을 들고 공중에서 한 마리를 붙잡아 땅바닥에 처박고 꼼짝 못 하게 밟았다. 짓밟힌 개는 살려달라며 비명을 지르고 다른 두 마리는 다리 사이로 꼬리를 내리고 슬금슬금 도망쳤다. 복서가 그대로 짓밟아서 개를 죽여야 할지 놓아주어야 할지를 판단하기 위해 가만히 쳐다보자, 나폴레옹은 안색을 바꾸는 것 같더니, 개를 놓아주라 날카롭게 명령하고, 그래서 복서가 발굽을 들자 개는 다친 몸으로 낑낑거리며 살그머니 빠져나갔다.

소란은 곧이어 가라앉았다. 돼지 네 마리가 죄를 잔뜩 지은 표정으로 벌벌 떨면서 기다리고 나폴레옹은 지은 죄를 자백하라고 다그쳤다. 일요일 모임에서 토론을 폐지한다고 할 때 항의하던 젊은 돼지 네 마리였다. 더는 추궁할 필요도 없이 그들은 눈뭉치가 추방당한 이후로 계속해서 은밀하게 접촉하고, 눈뭉치가 풍차를 파괴하는 걸 협조하고, 동물농장을 프레더릭에게 넘겨주기로 약속했다고 순순히 자백했다. 눈뭉치가 오래전부터 존스 밑에서 첩자로 은밀하게 활약했다는 사실을 자기네한테 살짝 털어놓았다는 말도 덧붙였다. 돼지 네 마리가 자백을 끝내자마자 개들이 즉각 달려들어서 목을 물어뜯고, 나폴레옹은 다른 동물에게 자백할 게 없느냐며 섬뜩하게 몰아붙였다.

달걀 판매 문제로 반란을 주도한 암탉 세 마리가 앞으로 나오더니, 눈뭉치가 꿈에 나타나서 나폴레옹 명령에 거부하도록 부추겼다고 자백했다. 그리고 그 자리에서 처형당했다. 그러자 거위 한 마리가 앞으로 나와, 지난해 추수 때 옥수수 여섯 자루를 훔쳐다가 밤에 몰래 먹었다고 자백했다.

다음에는 양 한 마리가 나와서 식수로 사용하는 웅덩이에 오줌을 누었다고 – 눈뭉치가 그렇게 하도록 지시했다고 – 털어놓자, 다른 양 두 마리도 앞으로 나와서 나폴레옹을 열렬하게 숭배하는 늙은 숫양이 기침으로 고생할 때 화톳불 주변을 뱅글뱅글 쫓아가며 괴롭혀서 기어코 죽게 하였다고 자백했다.

자백한 동물은 그 자리에서 모두 처형당했다. 이런 식으로 자백하고 처형하는 장면이 계속되는 동안 나폴레옹 앞에는 주검이 산더미처럼 쌓이고 공중에는 피비린내가 진동하는데, 존스를 추방한 이후로 처음이었다.

이런 과정이 모두 끝나자 살아남은 동물은 돼지와 개만 빼놓고 모두 한 덩어리가 되어서 슬금슬금 물러났다. 너무 무섭고 비참해서 몸이 부들부들 떨렸다. 어느 쪽이 더 충격인지, 동물 일부가 눈뭉치와 결탁해서 배신한 게 충격인지 자신들이 보는 앞에서 잔인하게 보복한 게 충격인지 알 수도 없었다. 존스 시절에도 끔찍하게 살육하는 일이 걸핏하면 일어났지만, 이번에는 동물 내부에서 일어났다는 사실이 무엇보다 끔찍하게 다가왔다. 농장에서 존스를 쫓아낸 이후 지금까지 어떤 동물도 다른 동물을 안 죽였다. 심지어 들쥐 한 마리조차 살해한 적이 없었다.

동물들은 반쯤 완성한 풍차가 우뚝 선 둔덕으로 올라가서 따뜻한 온기라도 나누려는 듯 옹기종기 모여서 몸뚱이를 기대고 앉았다. 나폴레옹이 모든 동물에게 집합하도록 명령하기 직전에 갑자기 사라진 고양이만 빼고 클로버, 뮤리엘, 벤자민, 암소 무리, 양 무리, 거위와 암탉 모두 한 덩어리가 되었다. 한동안 누구도 입을 안 열었다. 복서 혼자만 일어선 상태였다. 그래서 까맣고 기다란 꼬리로 양쪽 옆구리를 툭툭 치며 이리저리 서성이다가 어이없다는 듯 이따금 히힝 소리를 나지막하게 뱉어냈다. 그러다가 말했다.

"이해를 못 하겠어. 이런 일이 우리 농장에서 생기다니, 도무지 믿기지 않아. 우리가 무얼 잘못해서 이런 일이 생긴 게 분명해. 내가 보기에, 해결책은 더 열심히 일하는 거야. 앞으로는 아침마다 한 시간 일찍 일어나겠어."

그리고 묵직하게 걸으며 채석장으로 나아갔다. 그래서 돌 더미를 두 짐이나 연거푸 모아서 질질 끌며 풍차 공사장까지 나른 다음에야 마구간으로 돌아가서 잠자리에 들었다.

동물은 모두 입을 꾹 다물고 클로버 주변에 모여서 몸을 바싹 움츠렸다. 그들이 앉은 둔덕에서는 일대 풍경이 훤히 보였다. 큰길까지 기다랗게 뻗어 나간 목초지, 풀밭, 덤불, 식수용 웅덩이, 파릇파릇한 새싹이 이제 막 여기저기에서 솟아오르는 밀밭, 굴뚝마다 연기가 모락모락 피어오르는 새빨간 축사 지붕 등, 동물농장도 대부분 한눈에 들어왔다.

화창한 봄날 저녁이었다. 울타리에서는 꽃봉오리가 활짝 터져 나오고 풀밭은 저녁 햇살을 머금으며 황금처럼 빛났다. 동물에게 농장이 이처럼 소중하게 보인 적은 없었다. 농장 구석구석과 땅 한 뼘 한 뼘이 모두 자기네 소유라는 사실을 떠올리니 새삼스레 경이로운 느낌까지 들었다.

클로버는 둔덕을 굽어보는데 두 눈에 눈물이 가득 고였다. 머릿속 생각을 말로 표현할 수 있다면, 몇 해 전에 자신들이 반역의 길에 들어서서 인간을 타도하려고 마음먹을 당시만 해도 이런 세상을 꿈꾼 건 아니라고 말할 게 분명했다. 이처럼 끔찍하고 참혹한 광경은 메이저 영감이 반역을 일으키라고 선동하던 날 밤에 자신들이 학수고대하던 게 아니었다. 클로버 자신이 바라던 사회를 설명할 수 있다면, 그건 모든 동물이 굶주림과 채찍질에서 벗어나 각자 능력에 따라 일하고, 메이저 영감이 연설하던 날 밤에 어미 잃은 새끼 오리를 자신이 앞발로 보호한 것처럼 강자가 약자를 보호하며 평등하게 사는 사회였다.

그런데 현실은 완전히 반대였다. 마음속 생각을 감히 아무도 털어놓을 수 없고, 사나운 개는 사방에서 으르렁대며 설치고, 동지들이 충격적인 범죄를 자백한 다음에 갈기갈기 찢겨 죽는 광경을 그대로 지켜보아야 하는 시절이 닥치고 말았다. 이렇게 된 이유를 도무지 이해할 수 없었다. 클로버는 반란을 일으키거나 명령을 어길 마음이 조금도 없었다. 상황이 이렇더라도 존스 시절보다는 훨씬 바람직하니, 인간이 돌아오는 것만큼은 어떻게든 막아야 한다는 생각도 강했다. 따라서 나폴레옹에게 지도를 받아, 무슨 일이 있어도 끝까지 충성하며 열심히 일하고, 자신에게 내려온 명령을 성실하게 수행할 터였다. 그렇지만 자신을 비롯한 모든 동물이 열심히 일하며 기대한 건 이런 게 아니었다. 이런 걸 위해서 풍차를 세운 것도, 존스가 퍼붓는 총알에 맞서 싸운 것도 아니었다. 머릿속 생각은 이런데, 클로버에게는 이런 내용을 말로 표현할 능력이 없었다.

마음은 있지만 표현할 능력이 없어서 말할 수 없는 내용을 나름대로 대신할 수 있다는 느낌에 결국 클로버는 '영국 동물'을 부르기 시작했다. 다른 동물도 주변을 에워싸고 앉아 함께 노래하고, 그래서 모두 아주 멋진 가락으로 세 번이나 불렀다. 슬픈 어조로 천천히 흘러나오는 가락이 장송곡 같았다.

세 번째 노래를 마치자마자 꽥꽥이가 중대한 내용을 전할 게 있다는 표정으로 개 두 마리를 데리고 다가왔다. 그리고 나폴레옹이 '영국 동물' 노래를 금지하는 특별 포고령을 선포했다고 말했다. 앞으로 이 노래를 부르면 안 된다는 것이다.

동물들은 깜짝 놀라고, 뮤리엘은 커다랗게 물었다.

"왜요?"

꽥꽥이가 뻣뻣하게 대답했다.

"그 노래는 이제 필요 없소. '영국 동물'은 반역하자는 노래요. 그런데 반역은 완전히 끝났소. 오늘 오후에 배신자를 처단한 게 마지막 단계였소. 안팎의 적을 모두 무찌른 것이오. 우리는 '영국 동물'이라는 노래에다 더 좋은 사회에서 살길 바라는 소망을 담았소. 그런데 이제 그런 사회를 완성했으니, 노래를 부를 이유가 더는 없는 셈이오."

모든 동물이 겁내는 가운데 일부는 항의하고 싶은 심정이 간절했다. 하지만 바로 그 순간에 양들이 평소와 마찬가지로 "네 다리는 좋고 두 다리는 나쁘다!"를 일제히 소리치면서 몇 분 동안 이어나가고 토론은 그것으로 끝났다.

그래서 '영국 동물'은 이제 들을 수 없었다. 시를 쓰는 돼지 '꼬맹이' 가 '영국 동물'을 대신해서 이런 노래를 지었다.

동물농장이여, 동물농장이여,
나를 따르면 해를 입는 일이 없으리라!

그리고 동물은 매주 일요일 아침마다 깃발을 올린 다음에 이 노래를 불렀다. 하지만 가사도 가락도 '영국 동물'만큼 가슴에 파고드는 느낌은 없었다.

VIII

며칠이 흐르고 처형으로 인한 공포가 웬만큼 가라앉을 즈음, 동물 일부는 여섯 번째 계명으로 "동물은 다른 동물을 죽이지 말아야 한다"고 선포한 사실을 떠올렸다. 아니, 떠올린 것 같았다. 돼지나 개가 듣는 곳에서 감히 말할 순 없지만, 며칠 전에 처형한 건 이런 계명에 확실히 어긋나는 것 같았다.

그래서 클로버는 여섯 번째 계명을 읽어 달라 부탁하고 벤자민은 늘 그렇듯 자기는 이런 일에 끼어들지 않겠다며 거절해서 클로버는 뮤리엘을 데려왔다. 그래서 여섯 번째 계명을 들었다.

"동물은 다른 동물을 '이유 없이' 죽이지 말아야 한다."

어찌 된 일인지 '이유 없이'라는 말은 기억에 없었다. 하지만 계명을 어긴 게 아닌 건 분명했다. 눈뭉치와 공모한 배신자는 처형할 이유가 충분하기 때문이다.

그해 내내 동물들은 지난해보다 더욱 열심히 일했다. 농장 일을 모두 하는 동시에 예전보다 벽이 두 배나 두툼한 풍차를 건설하려면, 게다가 예정 날짜까지 완공하려면 엄청나게 일할 수밖에 없었다. 그러다 보니 존스 시절보다 일은 많이 하는데 먹는 건 예전보다 못하다는 생각이 툭하면 떠올랐다.

일요일 아침이면 꽥꽥이는 기다란 종이 한 장을 앞발 발굽 사이에 끼워 들고 으레 나타나서 통계수치를 발표하며 각종 식량 생산량이 품목에 따라서 이백 퍼센트, 삼백 퍼센트, 오백 퍼센트 증가했다고 알려주곤 했다. 일반 동물은 반역 이전 상황을 정확히 기억할 수 없으므로 꽥꽥이 말을 안 믿을 이유가 없었다. 하지만 통계수치 따위는 아무래도 좋으니 식량이나 충분히 배급하면 좋겠다고 느끼는 날이 많았다.

이제 모든 명령은 꽥꽥이나 다른 돼지를 통해서 나왔다. 나폴레옹은 보름에 한 번 정도 공식석상에 얼굴을 비치는 게 전부였다. 나폴레옹이 나타날 때는 개들이 당연히 수행하는 건 물론, 검은 수탉 한 마리가 앞에서 행진하다가 나폴레옹이 연설하기 전에 "꼬끼오!" 하고 커다랗게 소리쳤다.

심지어 본채에서도 나폴레옹은 다른 돼지와 다른 방을 쓴다는 소문이 돌았다. 음식도 혼자 먹고 개 두 마리는 시중을 드는데, 영국 왕실에서 인정한 '크라운 더비'라는 고급 도자기를 응접실 유리 찬장에 비치해서 사용한다고도 했다. 기존에 세운 기념일 두 번과 마찬가지로 나폴레옹 생일에도 해마다 축포를 쏘겠다는 포고령까지 나왔다.

이제는 나폴레옹이란 이름만 부르는 풍경도 사라졌다. 공식적으로 대부분 '친애하는 지도자 나폴레옹 동지'라고 부르는데, 돼지들은 '모든 동물의 아버지', '인간이 벌벌 떠는 대상', '새끼 오리 보호자' 같은 호칭을 즐겨 부르기도 했다. 꽥꽥이는 연설할 때마다 나폴레옹의 지혜와 착한 마음씨, 그리고 다른 농장에서 여전히 노예처럼 무지하게 살아가는 불쌍한 동물을 비롯해 온 세상 동물에게 마음속 깊이 품은 따듯한 애정을 언급하며 눈물을 뚝뚝 흘렸다.

무엇이든 성공적인 업적을 올리고 좋은 결과가 나타난 건 전적으로 나폴레옹 공적으로 돌리는 게 어느새 통례처럼 되었다. 암탉이 다른 암탉에게 "친애하는 지도자 나폴레옹 동지가 지도하신 덕분에 나는

엿새 동안 알을 다섯 개나 낳았다오"라고 말하는 소리가 종종 들렸다.
암소 두 마리가 웅덩이에서 물을 마시다가 "나폴레옹 동지가 영도하신
덕분에 물맛이 정말 좋군!"하고 감탄하기도 했다. 농장에 전반적으로
감도는 분위기는 '꼬맹이'가 지은 '나폴레옹 동지'라는 시에 잘 나타나
는데, 이런 내용이다.

> 어버이 없는 자의 친구여!
> 행복의 샘이여!
> 진수성찬을 베푸는 주군이여! 아, 내 영혼은
> 하늘에 떠오른 태양처럼
> 차분하고 위풍당당한
> 동지의 눈을 볼 때마다 불타오르오,
> 나폴레옹 동지여!
>
> 동지는 사랑하는 동료에게
> 모든 걸 베푸는 분이시니,
> 하루에 두 번씩 배를 채우고 깨끗한 짚에서 뒹굴게 하시도다!
> 동물은 커다랗든 조그맣든
> 우리에서 편히 잠들고,
> 동지는 모두를 지켜주시도다,
> 나폴레옹 동지여!
>
> 나에게 젖먹이가 태어나면
> 맥주병이나 국수 방망이만 한
> 크기로 자라기 전부터
> 동지에게 진심으로 충성하라고
> 확실하게 가르치리라,

그렇다, 아기가 처음으로 꽥꽥거리는 소리 역시
'나폴레옹 동지!' 여야 하리라.

나폴레옹은 시가 무척 마음에 든다면서 커다란 헛간 '일곱 계명'
맞은편에 적어놓으라고 했다. 그러자 꽥꽥이는 그 위에다 하얀 페인트
로 나폴레옹 초상화까지 그려놓았다.

한편, 나폴레옹은 윔퍼 변호사를 통해서 프레더릭과 필킹턴하고 복
잡한 교섭을 벌였다. 목재 더미는 여전히 안 팔렸다. 두 사람 가운데에
서 프레더릭이 그것을 사려고 더 열을 올리지만, 값을 제대로 쳐주질
않았다. 이런 시점에서 프레더릭이 풍차 건설을 시기한 나머지, 일꾼
을 데리고 동물농장을 습격해서 풍차를 파괴하려고 한다는 소문이
파다하게 돌았다. 그리고 눈뭉치는 아직도 '조각 들판' 농장에서 지낸
다고 했다.

더위가 한창 기승을 부리는 여름에 암탉 세 마리가 눈뭉치에게 자극
받아 나폴레옹 암살계획에 가담했다고 자백하는 말을 듣고 농장 동물
은 또다시 경악했다. 암탉 세 마리는 즉각 처형당하고, 나폴레옹은
신변을 보호하기 위해 새로운 경호조치를 내렸다. 밤이면 개 네 마리가
침대 귀퉁이마다 한 마리씩 앉아서 지키고, '분홍색 눈'이라는 젊은
돼지는 독이 들었는지 확인하기 위해 나폴레옹이 먹기 전에 모든 음식
을 미리 맛보는 임무를 맡은 것이다.

그런 즈음에 나폴레옹이 필킹턴에게 목재를 팔기로 했다는 소문이
퍼졌다. 동물농장이 '여우 숲'과 몇 가지 생산품을 교환하는 계약을
정식으로 체결하려고 한다는 소문도 돌았다. 윔퍼 변호사를 통해서 계
약한 한계는 있지만 그래도 나폴레옹은 필킹턴과 상당히 우호적인 관계
로 발전했다. 동물들 역시 필킹턴을 믿을 순 없지만 비교적 괜찮은

인간이라며 좋아해도 프레더릭은 두려워하고 증오하기 시작했다.

여름이 흘러가고 풍차를 거의 완성할 즈음, 적들이 금방이라도 공격할 거란 소문이 파다하게 퍼졌다. 프레더릭이 총으로 무장한 장정 스무 명을 이끌고 동물농장을 공격할 예정인데, 치안 판사와 경찰까지 매수해서 동물농장 권리증만 손에 넣으면 아무도 문제 삼지 않도록 만들었다는 것이다.

게다가 프레더릭은 자신이 거느린 동물에게 잔혹한 짓을 저지른다는 무시무시한 소문까지 '조각 들판' 농장에서 새어 나왔다. 늙은 말은 때려죽이고, 암소는 굶겨 죽이고, 개는 아궁이에 던져서 태워 죽이고, 저녁이면 수탉 발톱에 면도날 조각을 묶어서 싸움을 붙이며 즐긴다는 거다. 자신과 같은 동물에게 이런 끔찍한 만행을 저지른다는 소문에 피가 부글부글 끓어오를 정도로 분노한 나머지, 모든 동물이 당장에라도 '조각 들판' 농장을 습격해서 인간을 몰아내고 동물을 해방하자고 아우성쳤다. 그러나 꽥꽥이는 무모한 행동을 피하고 나폴레옹 동지가 세운 전략을 믿으라며 타일렀다.

그런데도 프레더릭에 대한 반감은 날로 늘어나기만 했다. 한 번은 일요일 아침에 나폴레옹이 헛간에 나타나서 프레더릭에게 목재를 팔 생각을 한 적은 한 번도 없다고 설명했다. 그런 악당과 거래하면 체면만 깎인다는 것이다. 그리고 반역 소식을 널리 알리려고 밖으로 파견을 보내던 비둘기들에게 앞으로 '여우 숲' 농장 근처에 얼씬도 말도록 금지하면서 "인간을 죽이라!"는 구호 대신 "프레더릭을 죽이라!"는 구호를 외치라고 명령했다.

늦여름에는 눈뭉치가 책동하던 또 다른 음모가 새롭게 드러났다. 밀밭이 잡초투성이로 변한 이유를 조사하다가 눈뭉치가 밤에 몰래 숨어들어서 밀 종자에 잡초 씨를 섞었다는 사실을 밝힌 것이다. 음모에 가담한 수컷 거위 한 마리가 꽥꽥이에게 자백한 다음, 치명적인 벨라도나 열매를 먹고 그 자리에서 자살했다.

지금까지 다수가 믿은 것과 달리 눈뭉치는 '동물 영웅 1급 훈장'을 받은 적이 없다는 사실도 새롭게 드러났다. 그건 '외양간 전투'가 끝난 다음에 눈뭉치가 스스로 퍼뜨린 헛소문에 지나지 않았다. 훈장을 안 받은 건 물론이고 전투 현장에서 비겁하게 행동하다가 징계까지 받았다는 거다. 몇몇 동물은 이 말을 듣고서 또다시 미심쩍게 생각하지만, 꽥꽥이는 이번에도 기억이 틀렸다고 가볍게 설득할 수 있었다.

그해 가을에는 비슷한 시기에 가을걷이까지 겹친 터라 그야말로 피땀을 흘리는 노력 끝에 마침내 풍차를 완성했다. 기계설비는 아직 없고, 그래서 윔퍼가 구매 협상을 벌이는 중이지만, 건물 자체는 어쨌든 완공했다. 경험도 없는 데다 연장도 원시적이고 잇단 악운에다 눈뭉치가 방해공작까지 벌이는 등 다양한 어려움을 겪으면서도 모든 난관을 극복하고 예정한 기일에 딱 맞춰서 작업을 끝낸 것이다!

고된 노동으로 몸은 녹초가 되어도 마음은 뿌듯해서 동물들은 자신들이 쌓아 올린 놀라운 작품 주변을 빙글빙글 돌며 바라보는데, 처음에 세운 풍차는 상대가 안 될 정도로 아름다웠다. 게다가 벽을 지난번보다 두 배는 두껍게 쌓았다. 폭탄을 터트리지 않는 한 절대로 안 무너질 게 분명했다!

자신들이 절망을 딛고 일어나서 힘들게 일하며 풍차를 만들었으니, 앞으로 풍차 날개를 돌려서 발전기를 가동하면 자기네 생활은 얼마나 커다랗게 변할까? 이런 생각을 하니, 그동안 쌓인 피로가 한꺼번에 사라지는 것 같아서 동물들은 환호성을 내지르고 껑충껑충 뛰면서 풍차 주변을 돌고 또 돌았다. 나폴레옹도 수탉을 앞세우고 개에게 호위 받으며 몸소 나타나서 풍차를 둘러보았다. 그리고 엄청난 업적을 이루

었다며 모든 동물에게 노고를 칭찬하더니, 이제부터 '나폴레옹 풍차'
로 부르겠다고 선언했다.

　이틀 뒤에 나폴레옹은 모든 동물을 헛간에 소집해서 특별 회의를
열었다. 그래서 목재를 프레더릭에게 팔았다 발표하고, 동물들은 깜짝
놀라서 멍청한 눈으로 바라보았다. 내일 당장 프레더릭이 마차를 여러
대 몰고 와서 목재를 실어간다는 말도 나왔다. 겉으로는 필킹턴과 우호
적인 관계를 맺는 척하면서 실제로는 프레더릭과 비밀 계약을 체결한
것이다.

　'여우 숲' 농장하고 맺은 관계는 이미 모두 단절했다. 필킹턴에게
모욕적인 메시지도 보냈다. 비둘기에게 '여우 숲' 농장이 아니라 '조각
들판' 농장에 얼씬도 말고 "프레더릭을 죽이라!"는 구호 대신에 "필킹턴
을 죽이라!"는 구호로 바꾸라는 지시도 내렸다. 나폴레옹은 동물농장에
대한 공격이 임박했다는 소문은 완전히 날조된 거라고, 프레더릭이 자
기네 농장 동물을 잔혹하게 학대한다는 소문 역시 과장된 거라고 단언
하면서 이렇게 덧붙였다. 이런 헛소문은 눈뭉치를 비롯한 반역도당이
퍼트린 게 분명하다. 눈뭉치는 '조각 들판' 농장에 숨은 게 아니며,
실제로 거기에 간 적도 없는 것으로 드러났다. 눈뭉치는 몇 년 전부터
지금까지 필킹턴에게 연금까지 받으며 '여우 숲' 농장에서 호사롭게
산다는 것이다.

　돼지들은 나폴레옹이 정말 똑똑하다며 대대적으로 환호했다. 필킹턴
에게 우호적인 척하면서 프레더릭에게 목재값을 십이 파운드나 올려
받았기 때문이다. 꽥꽥이 주장에 따르면, 어느 사람도 안 믿었다는 사실
에서 나폴레옹이 아주 똑똑한 게 그대로 드러나는데, 프레더릭도 예외
는 아니다. 처음에 프레더릭은 목제 대금을 '수표'라고 하는 거로 지급
하려고 했는데, 그건 돈을 지급한다는 약속을 적어놓은 종이쪽지에 불

과하다. 하지만 나폴레옹은 그런 얕은 속임수에 넘어갈 정도로 어리석지 않다. 그래서 목재를 실어가기 전에 오 파운드 지폐로 대금을 지급하도록 요구하고, 프레더릭은 대금을 현금으로 지급할 수밖에 없었는데, 그 돈이면 풍차에 설치할 기계류를 사고도 남는다는 것이다.

한편, 목재를 마차에 실어서 운반하는 작업은 순식간에 끝났다. 그래서 목재가 모두 사라진 다음에는 프레더릭이 지급한 지폐를 모든 동물에게 보여주겠다며 헛간에서 특별 회의를 또다시 열었다. 연단에는 밀짚 침대를 만들어서 나폴레옹이 가슴에 훈장 두 개를 달고 흡족한 미소를 머금으며 비스듬히 눕고, 바로 옆에는 본채 주방에서 가져온 도자기 접시에다 지폐를 보기 좋게 담아놓았다. 동물은 한 줄로 서서 천천히 지나가며 지폐를 실컷 구경했다. 복서가 코를 들이밀어서 킁킁대며 냄새를 맡을 때는 가늘고 하얀 지폐가 콧김에 부스럭거렸다.

그런데 사흘 뒤에 엄청난 소동이 벌어졌다. 윔퍼가 새하얗게 질린 얼굴로 자전거를 타고 정신없이 달려오더니, 농장 안마당에다 자전거를 내팽개치고 본채로 총알처럼 뛰어든 것이다. 곧이어 나폴레옹 방에서 성난 목소리가 일어나는데 너무 화나서 숨까지 막힌 것처럼 들렸다. 새로운 소식은 삽시간에 농장 전체로 들불처럼 퍼졌다. 프레더릭이 지급한 건 위조지폐다! 프레더릭이 목재를 공짜로 가져갔다!

나폴레옹은 곧바로 동물을 모두 불러 모아서 섬뜩한 목소리로 프레더릭에게 사형을 선고했다. 프레더릭을 생포해서 산 채로 끓는 물에 넣겠다는 것이다. 그리고 이런 배신행위 뒤에는 최악의 사태가 일어날 수 있다고 모든 동물에게 경고했다. 프레더릭이 일당을 이끌고 언제 습격할지 모른다는 것이다. 그래서 나폴레옹은 농장으로 접근하는 길목마다 보초를 세웠다. 더불어서 비둘기 네 마리를 '여우 숲' 농장으로 보내, 필킹턴에게 우호적인 관계를 회복하고 싶다는 메시지를 전달했다.

공격을 시작한 건 바로 다음 날 아침이었다. 동물들이 아침 식사를 하는데, 파수꾼이 달려와서 프레더릭이 일당을 이끌고 판자 다섯 개짜리 농장 대문을 벌써 통과했다고 알렸다. 모든 동물이 용감히 달려나가서 적들과 맞서 싸우는데, 이번에는 '외양간 전투' 당시에 그런 것과 달리 손쉬운 승리를 거둘 수 없었다.

침략군은 모두 열다섯인데 대여섯 명이 총으로 무장해, 동물이 오십 미터 거리만 들어오면 총알을 쏘아댔다. 무시무시한 총성과 몸뚱이에 따갑게 박히는 산탄을 도저히 막아낼 도리가 없으니, 나폴레옹과 복서가 필사적으로 노력해도 동물들은 얼마 못 버티고 사방으로 도망쳤다. 이미 상당수가 다쳤다. 그래서 축사로 피신해 벽 틈새나 옹이구멍 사이로 바깥을 조심스럽게 살폈다. 풍차는 물론 넓은 목초지 전체가 적군에게 넘어가고 말았다.

나폴레옹도 순간적으로 어쩔 줄 모르고 당황하는 것 같았다. 그래서 입을 꾹 다문 채 꼬리를 빳빳이 세워서 꿈틀거리며 이리저리 서성였다. 그리고 뭔가를 갈망하는 눈길로 '여우 숲' 농장 쪽을 흘끔거렸다. 필킹턴이 일꾼을 데려와서 도와준다면 아직은 승산이 있었다. 하지만 바로 그 순간, 전날 파견한 비둘기 네 마리가 돌아와서 필킹턴이 보낸 쪽지를 전했다. 거기에는 "꼴좋군. 당해도 싸다!"고 연필로 쓴 글씨가 적혀 있었다.

그러는 동안 프레더릭은 일당을 이끌고 풍차 주위에 모여들었다. 동물들은 그런 모습을 지켜보다 여기저기에서 절망 어린 탄식을 터트렸다. 사내 두 명이 쇠지레와 해머를 꺼내 든 것이다. 풍차를 때려 부수려는 게 분명했다. 하지만 나폴레옹이 소리쳤다.

"어림 반 푼어치도 없지! 우리가 벽을 두껍게 쌓아서 저런 거로는 못 부숴. 일주일을 고생해도 무너뜨릴 수 없다고. 동지 여러분, 용기를 내시오!"

하지만 벤자민은 인간들이 움직이는 모습을 계속 주시했다. 사내 두 명이 해머와 쇠지레로 풍차 밑동에 구멍을 뚫기 시작했다. 그러자 벤자민은 충분히 예상했다는 표정으로 기다란 주둥이를 천천히 끄덕이며 말했다.

"그럴 줄 알았어. 저놈들이 무얼 하려는지 모르겠소? 구멍을 파서 폭약을 넣으려는 거요."

동물들은 공포에 쌓인 채 기다렸다. 인제 와서 건물 밖으로 뛰쳐나갈 수도 없었다. 잠시 뒤에는 인간이 이리저리 뛰어다니며 사방팔방으로 흩어지는 모습이 보였다. 그러더니 고막을 찢는 폭발음이 일었다. 비둘기는 날개를 퍼덕이며 공중으로 오르고, 나폴레옹을 제외한 동물은 배를 납작하게 깔고 엎드려서 땅바닥에 얼굴을 파묻었다. 그러다가 다시 일어서니, 풍차가 있던 자리에서 까맣고 거대한 연기가 구름처럼 일어났다. 그러다가 바람에 실려서 천천히 흩어지는데, 풍차는 흔적도 없이 사라지고 말았다!

이 광경을 보는 순간 동물들은 용기를 되찾았다. 조금 전까지 가득하던 공포와 절망은 악랄하고 비열한 행위를 확인하는 순간에 분노로 돌변했다. 복수하자는 커다란 함성과 함께 모든 동물이 아무런 명령도 없이 달려나가서 적에게 돌진했다. 우박처럼 쏟아지는 총알 따위는 아랑곳하지도 않았다. 잔인하고 치열한 전투가 벌어졌다. 인간은 총을 쏘고 또 쏘다가 동물이 코앞까지 다가오자 몽둥이를 휘두르고 묵직한 장화 발로 걷어찼다. 암소 한 마리, 양 세 마리, 거위 두 마리가 죽고 거의 모든 동물이 크고 작은 상처를 입었다. 심지어 나폴레옹도 후방에서 지휘하다가 산탄에 맞아서 꼬리 끄트머리를 잘렸다.

하지만 인간도 무사할 순 없었다. 세 명이 복서 발굽에 차여서 머리가 깨지고, 한 명은 복부를 쇠뿔에 받히고, 한 명은 제시와 초롱꽃에게 물려서 바지가 넝마처럼 찢어졌다. 거기에다 나폴레옹이 자신을 호위하던 개 아홉 마리에게 지시해서 산울타리 그늘로 숨어들어 한 바퀴 돌아서 측면 공격을 감행하며 무섭게 달려들자 인간은 공포에 사로잡혔다. 자칫 잘못하다간 독 안에 든 쥐처럼 될 판이었다. 프레더릭이 빠져나갈 수 있을 때 도망치라고 소리치자, 인간은 공포에 질려서 걸음아 날 살리라며 일제히 달아났다. 동물은 끝까지 추격하여 인간이 산울타리 사이를 헤치며 간신히 빠져나가는 순간까지 엉덩이를 몇 번이고 걷어찼다.

동물이 승리했다. 하지만 모두 완전히 지친 데다 피까지 줄줄 흘렸다. 그래서 다리를 절뚝거리며 농장으로 천천히 돌아갔다. 몇몇은 동료가 죽어서 풀밭에 쓰러진 모습을 보고 감정이 북받쳐서 눈물을 쏟아냈다. 조금 전까지 풍차가 있던 곳에서 걸음을 멈추고 한동안 슬픔에 잠겼다. 그렇다, 풍차가 사라졌다. 그토록 피땀 흘리며 쌓아 올린 풍차가 흔적도 없이 사라졌다! 심지어 토대마저 부분적으로 깨져나갔다. 풍차를 다시 세우려고 해도 이번에는 지난번처럼 무너진 돌을 사용할 수도 없었다. 화약이 폭발하면서 사방 수백 미터 거리로 날아갔기 때문이다. 애초에 풍차 같은 건 존재한 적도 없는 것 같았다.

동물들이 농장에 들어서니, 전투가 벌어질 당시에는 어쩐 일인지 보이지도 않던 꽥꽥이가 꼬리를 흔들며 달려와서 만족스러운 미소를 얼굴 가득 머금었다. 바로 그 순간에 축사가 있는 방향에서 총소리가 묵직하게 일어났다.

"저 총소리는 뭐요?"

복서가 묻자, 꽥꽥이가 커다랗게 대답했다.

"우리가 승리한 걸 축하하는 것이오!"

'무슨 승리요?'

복서가 다시 물었다. 무릎은 피가 줄줄 흐르고 한쪽 발은 편자가 사라지는 바람에 발굽이 갈라지고 뒷다리는 산탄이 열두 개나 박혔다.

"무슨 승리냐고요, 동지? 우리 영토에서, 신성한 동물농장에서, 우리가 적을 몰아내지 않았소?"

"하지만 인간은 우리 풍차를 박살 냈소. 우리가 이 년 동안 힘들여서 세운 풍차를 말이오!"

"그럼 어떻소? 풍차는 다시 세우면 되오. 마음만 먹는다면 풍차 같은 건 여섯 개라도 세울 수 있소. 동지는 우리가 이룬 위대한 과업을 인정하지 않는 거요? 우리가 살아가는 영토를 저들이 점령했소. 그런데 나폴레옹 동지가 지도한 덕분에 한 뼘도 안 잃고 모조리 되찾았단 말이오!"

"그렇다면 애초에 우리가 소유한 땅을 되찾은 셈이로군."

복서가 비꼬자 꽥꽥이가 대꾸했다.

"그래서 우리가 승리했다는 거요."

동물들은 절룩거리며 안마당으로 들어섰다. 복서는 산탄이 속살에 박혀서 다리가 쿡쿡 쑤시고 아팠다. 그래도 풍차를 토대부터 재건하는 막중한 노동이 자신을 기다린다는 사실을 깨닫고, 그 일에 도전할 마음을 벌써 다지기 시작했다. 하지만 나이는 이미 열한 살이고 단단한 근육도 예전 같지 않다는 생각이 난생처음으로 떠올랐다.

그러나 초록색 깃발이 나부끼고 축포를 일곱 발 연속으로 다시 발사하는 소리가 울려 퍼지고 용감하게 싸웠다고 나폴레옹이 치하하는 연설을 들으니, 동물들은 정말로 커다랗게 승리한 느낌까지 들었다. 전투 중에 목숨을 잃은 동물은 장례식을 엄숙하게 치렀다. 복서와 클로버는 영구차로 꾸민 짐마차를 끌고 나폴레옹은 장례 행렬 제일 앞에서 걸었다.

전승 기념을 이틀 내내 축하했다. 노래하고, 연설하고, 축포를 다시 연달아 발사하고 특별 선물로 동물에게는 사과 한 알, 새에게는 곡물 육십 그램, 개에게는 사료 비스킷 세 개씩 배급했다. 나폴레옹은 이번 전투를 '풍차 전투'라 부르겠다고 발표하더니, '녹색 깃발 훈장'이라는 훈장을 새로 만들어서 자신에게 수여한다고 잇따라 발표했다. 모두가 승리를 축하하며 즐거워하는 가운데 위조지폐 사건은 까마득히 잊히고 말았다.

그리고 며칠이 지나자, 돼지들은 본채 지하실에서 위스키 한 상자를 우연히 발견했다. 본채를 처음 점거할 때 모르고 넘어간 상자였다. 그날 밤 본채에서 노랫소리가 커다랗게 일어나는데 '영국 동물' 가락이 뒤섞여서 동물들은 무척 놀랐다. 저녁 아홉 시 반 즈음에는 나폴레옹이 존스가 예전에 쓰던 낡은 중절모를 걸치고 뒷문에서 나와 마당을 미친 듯이 달리다가 집 안으로 다시 황급히 들어가는 모습도 똑똑히 보았다.

하지만 아침에는 본채가 쥐 죽은 듯 고요했다. 누구 하나 일어난 기척이 없었다. 아홉 시가 되어갈 무렵에는 꽥꽥이가 나타나서 비틀거리며 느릿느릿 걷는데, 눈빛은 몽롱하고 꼬리는 축 늘어뜨린 모습이 이리 보나 저리 보나 중병에 걸린 것 같았다. 그런데도 동물을 모두 불러 모으더니, 매우 슬픈 소식을 전하겠다고 말했다. 나폴레옹이 죽기 직전이라는 것이다!

비탄에 젖은 울음소리가 여기저기에서 일어났다. 본채 문 앞에다 짚을 깔아놓고 발끝으로 모두 조심스레 걸었다. 눈마다 눈물이 그렁그렁 맺히고, 위대한 지도자가 곁을 떠나면 우리는 어떻게 사느냐고 서로에게 물으며 슬퍼했다. 눈뭉치가 나폴레옹 음식에다 독약을 교묘하게 넣었다는 소문도 퍼졌다. 열한 시에는 꽥꽥이가 나타나서 새로운 내용을 발표했다. 나폴레옹 동지가 지상에서 마지막으로 엄중한 조처를 내렸다는, 술을 마시는 동물은 사형에 처한다는 것이다.

그러나 저물녘에는 나폴레옹이 조금 나아진 것처럼 보이더니, 이튿날 아침에는 꽥꽥이가 나폴레옹은 회복하는 중이라고 발표했다. 그리고 초저녁에는 나폴레옹이 업무에 복귀하고, 다음 날에는 윔퍼에게 월링던에서 양조와 증류에 관한 책자를 몇 권 구해서 가져오도록 지시했다는 소문이 돌았다. 일주일 뒤에는 과수원 너머 조그만 방목장을 - 동물이 은퇴한 다음에 여생을 보내도록 남겨둔 목초지를 - 쟁기로 갈아서 일구도록 나폴레옹이 지시했다. 목초지가 황폐하니 씨앗을 새로 뿌려야 한다면서 말이다. 하지만 나폴레옹이 거기에다 심으려는 건 보리라는 사실이 금방 드러났다.

이즈음에 누구도 이해할 수 없는 이상야릇한 사건이 일어났다. 어느 날 밤 열두 시쯤, 안마당에서 뭐가 부닥치는 요란한 소리가 나는 바람에 동물들이 우리 밖으로 우르르 뛰쳐나갔다. 달빛이 훤한 밤이었다. '일곱 계명'을 적어놓은 커다란 헛간 벽 밑에 사다리 하나가 두 쪽으로 부러져있었다. 옆에는 꽥꽥이가 잠시 기절해서 큰대자로 꼴사납게 드러눕고, 근처에는 등불과 페인트 붓, 흰색 페인트 통이 뒤엎어진 채 나뒹굴었다. 개들이 즉시 달려와서 꽥꽥이를 에워싸더니, 정신을 차려서 걸을 정도가 되자마자 본채로 데려갔다. 동물 누구도 어떻게 된 일인지 이해할 수 없는 가운데 벤자민 혼자서 마음에 짚이는 게 있다는 듯 주둥이를 끄덕이는데, 뭐가 뭔지 설명하진 않았다.

그런데 며칠 뒤에 뮤리엘이 혼자서 '일곱 계명'을 읽다가 동물들이 잘못 기억한 계명은 또 있다는 사실을 깨달았다. 지금까지 동물들은 다섯 번째 계명이 "동물은 술을 마시지 말아야 한다"라고 생각했는데, 잊어버린 단어가 두 개나 있는 것이다. 실제로 벽에 적힌 계명은 "동물은 술을 '너무 많이' 마시지 말아야 한다"였다.

IX

복서는 갈라진 발굽을 치료하는 데 오랜 시간이 걸렸다. 풍차 작업은 전승 축하 행사가 끝난 바로 다음 날부터 시작하고, 복서는 고통스러운 모습을 겉으로 드러내는 건 명예롭지 않다는 생각에 하루라도 쉬라는 제안을 거절했다. 그러나 밤만 되면 발굽이 아파서 못 견디겠다고 살그머니 털어놓아, 클로버는 약초를 씹어서 약으로 만들어 발굽에 붙여주고, 벤자민과 함께 너무 무리하지 말라고 당부하며 말했다.

"말은 허파를 무쇠로 만든 줄 알아?"

하지만 복서는 들으려 하지 않았다. 자신에게 남은 희망은 오직 하나, 은퇴할 나이가 되기 전에 풍차가 돌아가는 모습을 구경하는 거라면서 말이다.

동물농장에서 법률을 제정하던 초기에 말과 돼지는 열두 살, 소는 열네 살, 개는 아홉 살, 양은 일곱 살, 닭과 거위는 다섯 살을 은퇴하는 나이로 정한 상태였다. 노령 연금도 후하게 책정했다. 실제로 은퇴해서 연금을 받는 동물은 지금까지 하나도 없지만, 요즘 들어서 구체적으로 논의하는 중이었다. 과수원 너머 조그만 방목장은 보리를 심은 터라 널따란 목초지 한쪽 구석에 울타리를 쳐서 방목장으로 만들어 은퇴한 동물이 지내도록 하겠다는 소문도 나돌았다. 말은 연금으로 하루에 곡물 이 킬로그램, 겨울에는 건초 칠 킬로그램, 경축일에는 당근 한 개와 가능하면 사과 한 알까지 추가로 받는다고 했다. 복서가 열두 살 되는 생일은 이듬해 늦여름이었다.

그래도 농장 생활은 여전히 고달프기만 했다. 이번 겨울도 지난해만큼이나 추운 데다 식량 사정은 훨씬 심각했다. 돼지와 개만 빼고 동물에게 배급하는 식량이 또다시 줄었다. 꽥꽥이는 식량을 지나치게 평등하게 배급하는 건 동물주의 원칙에 어긋난다고 설명했다. 겉으로 드러나는 모습이 아무리 심각해도 식량이 실제로 '부족한 건 아니다'는 걸 다른 동물에게 증명하는 건 꽥꽥이에게 어려운 일이 아니었다. 꽥꽥이가 '감축'이란 표현 대신 '재조정'이란 표현을 매번 사용하면서 설명한 바에 의하면, 당분간 배급량을 재조정할 필요가 생기긴 했으나 그래도 존스 시절에 비하면 훨씬 많다는 것이다. 그러곤 날카로운 목소리로 숫자를 빠르게 읽어서 동물이 존스 시절보다 귀리와 건초와 순무를 훨씬 많이 배급받고, 노동 시간은 줄고, 식수는 품질이 훨씬 좋고, 수명은 모두 늘고, 새끼는 생존율이 훨씬 높고, 축사에 까는 짚은 훨씬 늘어나고 벼룩 때문에 고생하는 횟수는 줄었다며 조목조목 제시했다.

동물들은 꽥꽥이가 하는 말을 하나에서 열까지 곧이곧대로 믿었다. 사실대로 말하자면, 존스 시절에 어떻게 살았는지는 기억이 거의 사라진 상태였다. 동물들이 아는 건 지금은 하루하루를 사는 게 너무나 고통스럽고 힘들다는 것, 툭하면 굶주림과 추위에 시달린다는 것, 잠을 자는 시간 말고는 온종일 일한다는 게 전부였다. 하지만 예전에는 사정이 지금보다 나빴다는 걸 의심할 여지는 없었다. 동물들은 그렇게 믿는 게 좋았다. 더구나 당시는 모두 노예였으나 지금은 자유를 누리지 않는가! 꽥꽥이가 항상 지적하듯, 이건 정말 커다란 차이였다.

지금은 먹여 살려야 할 가족도 훨씬 많았다. 가을에 암퇘지 네 마리가 새끼를 거의 동시에 서른한 마리나 낳았다. 새끼 돼지는 몸뚱이에 까만 점이 있는데, 농장에서 거세하지 않은 수퇘지는 나폴레옹 하나밖에 없으니 아비가 누군지는 쉽게 짐작할 수 있었다.

그런 참에 벽돌과 목재를 사들여서 본채 정원에 교실을 짓는다는 발표가 나왔다. 한동안 나폴레옹이 본채 주방에 새끼 돼지를 모아놓고 직접 교육했다. 체육 수업은 정원에서 하고, 다른 새끼들과 어울리지 말라는 훈계도 했다.

다른 동물이 길에서 돼지와 마주치면 옆으로 비켜야 한다는 규칙과 돼지는 누구든지 일요일마다 꼬리에 초록색 리본을 다는 특권을 정한 것도 이즈음이었다.

이번 해에 동물농장은 꽤 풍성한 수확을 올렸지만, 돈은 여전히 부족했다. 교실을 지을 벽돌과 모래와 석회를 사야 하고, 풍차에 장착할 기계를 사들일 돈도 다시 모아야 했다. 그리고 본채에서 사용할 등잔 기름과 양초, 살찐다는 이유로 다른 돼지는 못 먹게 하면서도 나폴레옹 자신은 먹는 설탕도 사야 하고, 연장과 못, 끈, 석탄, 철사, 고철 조각, 개가 먹을 사료용 비스킷 등 일상적인 소모품도 사야 했다.

그래서 건초 한 더미와 감자 일부를 헐값에 팔고 달걀 판매 수량은 주당 육백 알로 늘려서, 암탉은 숫자를 비슷하게 유지할 정도만 병아리를 깠다. 12월에 줄어든 식량 배급은 2월에 다시 줄고, 기름을 아끼느라 마구간에서 등불을 켜는 건 금지했다. 하지만 돼지들은 매우 편하게 지내는 것처럼 보이고, 실제로도 살이 피둥피둥 올랐다.

이월 하순 어느 날 오후, 동물들은 구수하고 달콤한 냄새를 맡았다. 여태껏 한 번도 맡은 적이 없는 냄새였다. 입맛을 돋우는 냄새는 존스 시절에도 사용을 않던 주방 뒤쪽 조그만 양조장에서 마당을 가로지르며 풍겨 왔다. 누군가 보리를 삶는 냄새라고 했다. 허기진 동물은 코를 벌름거리며 냄새를 맡았다. 어쩌면 저녁 식사로 구수하고 따뜻한 여물을 먹을 수 있겠다는 생각도 들었다. 하지만 따뜻한 여물은 하나도 안 나오고, 다음 일요일에는 앞으로 돼지만 보리를 먹는다는 발표가 나왔다. 과수원 건너편 들판에는 보리를 벌써 심었다. 그런데 돼지는 맥주를 하루에 반 그릇씩 배급받고, 나폴레옹은 두 그릇씩 마시는데 만찬용 크라운 더비 수프 접시를 매번 사용한다는 이상한 소문마저 흘러나왔다.

하지만 동물은 다양한 고통에 시달릴지언정 현재 생활이 예전보다 훨씬 품위 있다는 사실을 위안으로 삼았다. 이즈음엔 노래도 자주 부르고, 연설도 많고, 행진도 많았다. 매주 한 번씩 '자발적 시위행진'을 해서 동물농장이 힘차게 싸워서 승리한 걸 기념하도록 나폴레옹이 명령한 것이다. 그래서 지정한 시간이 되면 동물은 일손을 놓고 돼지들이 앞장선 가운데 말, 소, 양, 닭, 오리 순서로 줄지어서 농장 경계를 돌며 행진했다. 개는 대열 양옆에 서고 나폴레옹과 검은 수탉은 대열 맨 앞에 섰다. 그럴 때마다 복서와 클로버는 발굽과 뿔을 그려 넣은 초록색 깃발을 양쪽에서 받쳐 드는데, 거기에는 "나폴레옹 동지 만세!" 라는 글씨도 있었다.

행진을 마친 다음에는 나폴레옹 찬양시를 몇 편 낭송하고, 이어서 꽥꽥이가 연설하며 최근에 식량 생산량이 늘어난 내용을 구체적으로 설명하고, 가끔은 축포도 발사했다. 양은 '자발적 시위행진'에 가장 열심히 참여하는데, 돼지나 개가 주변에 없을 때 흔히 그러듯 몇몇 동물이 추위에 떨며 이러는 건 시간 낭비에 불과하다고 불평이라도 늘어놓으면 "네 다리는 좋고 두 다리는 나쁘다!"고 일제히 엄청나게 커다랗게 소리쳐서 불평하는 소리를 확실하게 잠재웠다.

그러나 동물 대부분은 이런 행사를 좋아했다. 뭐니 뭐니 해도 자신은 스스로 모든 걸 결정하는 진정한 주인이며, 자신이 하는 일은 모든 이익이 자신에게 돌아온다고 생각하면 마음이 편했다. 거기에다 노래하고, 행진하고, 꽥꽥이에게 자세한 설명을 듣고, 우레 같은 축포 소리를 듣고, 수탉이 내지르는 소리를 듣고, 펄럭이는 깃발을 바라보노라면 배가 텅 비었다는 사실까지 잠시나마 잊을 수 있었다.

사월에 동물농장은 '공화국'을 선포하고, 따라서 대통령을 뽑아야 했다. 후보자는 나폴레옹 혼자라서 만장일치로 당선되었다. 바로 그 날, 눈뭉치가 존스와 공모했다는 사실을 아주 구체적으로 드러내는 문서를 새롭게 발견했다. 동물들이 지금까지 생각한 것과 달리 눈뭉치는 전략적으로 외양간 전투에서 패하도록 시도한 정도가 아니라 아예 처음부터 존스 편에 노골적으로 가담해서 싸웠다. 농장에 쳐들어온 인간을 직접 지휘한 데다, "인간 만세!"를 외치며 전투에 뛰어들었다. 몇몇이 아직도 기억하는 것처럼 눈뭉치가 등에 입은 부상은 사실 나폴레옹이 이빨로 물어뜯은 상처였다.

여름이 깊어갈 무렵에는 까마귀 모세가 몇 해 만에 처음으로 갑자기 농장에 나타났다. 예전 모습 그대로였다. 일은 여전히 조금도 안 하면서 '설탕사탕 산'만 예전과 똑같은 어조로 떠들어댔다. 나무 그루터기에 앉아서 까만 날개를 퍼덕이며 아무나 붙잡고 몇 시간씩 수다를 떠는 식이었다. 그래서 큼직한 부리로 하늘을 가리키며 "동지들, 저기 저 위를 보시오. 저기 보이는 먹구름 바로 너머에 '설탕사탕 산'이 있는데, 거기에 가면 우리처럼 불쌍한 동물도 영원히 일하지 않고 편하게 살 수 있다오"라며 엄숙하게 말하곤 했다.

언젠가 하늘 높이 날다가 거기에 가서, 들판에는 토끼풀이 자라고 울타리에는 각설탕과 아마 씨앗으로 만든 케이크가 사시사철 무성하게 열리는 광경을 직접 보았다는 주장까지 늘어놓았다. 많은 동물은 이 말을 곧이곧대로 믿었다. 현세는 힘든 노동과 굶주림에 시달리며 지낸다면 내세는 훨씬 좋은 세상으로 가는 게 아주 당연하다는 생각도 들었다. 아무래도 이해할 수 없는 건 돼지들이 모세에게 보이는 태도였다. 모세가 말하는 '설탕사탕 산' 이야기를 말도 안 되는 헛소리라고 하나같이 경멸하면서도 아무런 일도 않는 모세를 농장에서 지내도록 허용하는 거로 모자라서 맥주를 반의반 그릇씩 매일 주었기 때문이다.

복서는 발굽에 난 상처가 아물자마자 예전보다 훨씬 열심히 일했다. 아니, 그해에는 일 년 내내 모든 동물이 노예처럼 힘들게 일했다. 일상적인 농장 일과 풍차 재건 사업 말고도 삼월에는 새끼 돼지가 사용할 교실 건축 공사까지 시작했다. 제대로 못 먹으면서 오랜 시간 일하는 상황을 견디기 힘들 때도 잦지만, 복서는 한 번도 흔들리지 않았다. 체력이 예전만 못하다는 징후는 말투나 행동 어디에서도 찾아볼 수 없었다. 조금 달라진 게 있다면 겉모습이었다. 피부는 예전과 비교하면 윤기가 많이 줄고, 큼직한 엉덩이도 쪼그라든 것 같았다.

동물들은 "봄에 풀이 새로 돋아나면 복서도 살이 오를 거"라고 말하곤 했다. 하지만 봄이 와도 복서는 살이 안 올랐다. 채석장 꼭대기로 오르는 비탈길에서 거대한 돌덩이를 끌어올리려고 온 힘을 다하는 모습은 계속 일해야 한다는 의지력 하나로 버티는 것처럼 보였다. 그럴 때면 입술은 "내가 더 열심히 일하면 돼!"라고 말하는 듯 움직였다. 하지만 목소리는 안 나왔다. 클로버와 벤자민이 건강을 조심하라며 거듭 당부하지만, 복서는 여전히 귀담아듣지 않았다. 열두 번째 생일이 다가오는 중이었다. 은퇴하기 전까지 돌덩이를 조금이라도 많이 쌓아 놓을 수만 있다면 자신이야 어떻게 되든 상관없었다.

여름날 어느 늦은 저녁, 복서에게 일이 생겼다는 소문이 갑자기 돌았다. 동물들은 복서 혼자서 돌무더기를 한가득 실은 수레를 끌며 작업한다는 사실을 잘 아는 터였다. 그런 참에 퍼진 소문이었다. 몇 분 뒤에는 비둘기 두 마리가 황급히 날아와서 소식을 알렸다.

"복서가 정말로 쓰러졌어! 옆으로 쓰러져서 일어나질 못해!"

농장 동물 절반이 풍차 공사를 하는 둔덕으로 우르르 달려갔다. 아니나 다를까 복서는 마차 끌채 사이에 쓰러져서 목이 축 늘어진 채 머리조차 못 들었다. 눈빛은 흐릿하고 옆구리는 땀으로 흠뻑 젖었다. 입에서 가느다란 핏줄기가 흘러내렸다. 클로버가 옆으로 다가가서 무릎을 털썩 꿇으며 소리쳤다.

"복서! 왜 그래?"

복서는 힘없는 목소리로 대답했다.

"폐가 이상해. 걱정하지 마. 내가 없어도 여러분은 풍차를 완성할 수 있어. 돌을 꽤 많이 모아두었거든. 어차피 나는 일할 날이 한 달밖에 안 남았어. 솔직히 말하자면, 나는 은퇴할 날만 학수고대하는 중이야. 벤자민도 많이 늙었으니, 어쩌면 함께 은퇴해서 서로 의지하며 살 수 있을 거야."

"빨리 치료해야 해. 누구든 당장 달려가서 꽥꽥이에게 알려."

클로버가 다급하게 소리치자 모든 동물이 꽥꽥이에게 소식을 알리려고 본채로 몰려갔다. 벤자민만 아무 말 없이 클로버와 함께 복서 옆에 앉아서 기다란 꼬리로 파리를 쫓아주었다.

십오 분쯤 지나자 꽥꽥이가 잔뜩 걱정스러운 얼굴로 나타났다. 그러더니, 농장에서 가장 성실한 일꾼에게 이런 불행한 사태가 발생한 사실을 듣고 나폴레옹 동지가 무척 상심한다면서, 복서를 윌링던에 있는 동물병원으로 보내서 치료하도록 이미 조치했다고 말했다. 이 말을 듣고 동물들은 약간 불안했다. 몰리와 눈뭉치 말고는 농장을 떠난 적이 한 번도 없는 데다, 병든 동지를 인간에게 무턱대고 맡기고 싶지도 않았다. 그러나 **꽥꽥**이는 윌링던에 있는 수의사라면 농장에서 치료하는 이상으로 훨씬 잘 치료할 거라고 설득했다. 그리고 삼십 분 정도가 지나자 복서는 다소 기운을 차리더니 발을 딛고 간신히 일어나서 절룩거리며 마구간으로 돌아오고, 클로버와 벤자민은 짚으로 푹신한 침대를 마련해주었다.

복서는 마구간에서 이틀 동안 푹 쉬었다. 돼지는 욕실 약장에서 발견한 분홍색 커다란 약병을 보내고 클로버는 복서에게 하루에 두 번씩 식사 후에 약을 먹였다. 밤이 되면 클로버는 복서 옆에 누워서 이런저런 이야기를 나누고 벤자민은 파리를 쫓아주었다. 복서는 자신이 쓰러진 건 안타까울 게 전혀 없다고 말했다. 몸을 제대로 회복하면 앞으로 삼 년은 살 터니, 커다란 목초지 한쪽 구석에 마련한 은퇴지에서 편하게 보낼 날이 빨리 오면 좋겠다는 것이다. 그날이 오면 난생처음으로 공부도 하고 마음도 수양하며 여유롭게 보낼 것 같았다. 그래서 아직 못 외운 알파벳 스물두 자를 완전히 익히는 데 여생을 바칠 작정이라는 말도 했다.

하지만 벤자민과 클로버는 일과를 끝낸 다음에야 복서 곁에 머물 수 있는데, 커다란 포장마차가 와서 복서를 데려간 건 대낮이었다. 동물은 돼지 한 마리가 감독하는 가운데 순무밭에 모여서 잡초를 뽑다가 벤자민이 목청이 터지도록 소리치며 축사 쪽에서 다급하게 달려오는 광경을 보고 모두 깜짝 놀랐다. 벤자민이 그토록 흥분한 모습은 물론 그렇게 빨리 달리는 광경도 생전 처음 보았기 때문이다.

"서둘러, 빨리! 어서 달려와! 저들이 복서를 데려가고 있어!"

동물들은 돼지에게 허락조차 구할 정신도 없이 작업을 중단한 채 축사 쪽으로 허겁지겁 달렸다. 아니나 다를까, 말 두 마리가 끄는 커다란 포장마차가 안마당에 있는데, 옆에는 글씨를 뭐라고 적어놓고, 마부석에는 인상이 교활한 사내가 중산모자를 납작하게 눌러쓴 채 앉아 있었다. 그리고 복서가 있던 마구간은 텅 비었다. 그래서 동물들은 마차를 에워싸고 한목소리로 커다랗게 외쳤다.

“잘 가요, 복서!”

“잘 가요!”

그러자 벤자민이 작은 발을 동동 구르고 동물들 사이를 껑충껑충 뛰면서 소리쳤다.

“바보들아! 바보들아! 마차 옆구리에 적어놓은 글씨가 안 보여?”

이 말에 동물들이 주춤하면서 쥐죽은 듯 조용하게 변했다. 뮤리엘이 한 글자씩 떠듬떠듬 읽기 시작했다. 그러자 벤자민이 옆으로 밀치더니 커다랗게 읽고 주변은 고요했다.

“‘알프레드 시몬즈, 폐마 도살 및 아교 제조업, 윌링던 소재. 동물 가죽과 뼛가루 매매. 개집도 판매함.’ 저게 무슨 뜻인지 모르겠어? 복서는 지금 폐마 도살업자에게 끌려가는 거란 말이야!”

모든 동물이 공포 어린 비명을 내질렀다. 바로 그 순간, 마부석에 앉은 사내가 말에게 채찍질하고 마차는 빠른 속도로 안마당을 빠져나 갔다. 동물들이 뒤를 쫓으면서 고래고래 소리쳤다. 클로버가 제일 앞 에서 달렸다. 마차는 속도를 올리기 시작했다. 클로버는 뚱뚱한 네 다리를 열심히 움직여서 전속력으로 달리는데 속도가 빠른 편은 아니 었다. 그래서 “복서! 복서! 복서! 복서!” 하고 울부짖었다. 바로 그 순간에 바깥에서 부르는 소리를 들었는지 복서가 코 밑으로 하얀 줄무 늬가 뻗어 내려간 얼굴을 마차 뒷문 조그마한 창으로 내밀고, 클로버는 미친 듯이 소리쳤다.

“복서! 복서! 어서 내려! 빨리 내리라고! 저들이 당신을 죽이려고 데려가는 거야!”

다른 동물도 마찬가지로 "내려, 복서! 빨리 내려!" 하고 고함쳤다. 하지만 마차는 이미 속도가 붙어서 계속 멀어질 뿐이었다. 클로버가 한 말을 복서가 알아들었는지도 모호했다. 그러나 곧이어 마차 창문에서 복서 얼굴이 사라지더니, 안에서 쾅쾅거리며 발굽을 구르는 소리가 요란하게 일어났다. 마차를 부수고 탈출하려는 것이다. 예전 같으면 복서가 두어 번만 걷어차도 이런 마차는 성냥갑처럼 박살 날 터였다. 하지만 안타깝게도 그런 힘은 이제 모두 사라졌다! 잠시 뒤에는 쿵쿵 차던 발굽 소리마저 점점 가늘게 변하다가 사라지고 말았다. 모든 동물이 마차를 끄는 말 두 마리에게 멈추라고 애원하며 "동지들, 이봐, 동지들! 형제를 황천길로 데려가는 걸 멈추시오!" 하고 소리쳤다.

하지만 멍청한 말 두 마리는 너무나 무지한 탓에 지금 일어나는 사태를 이해할 수 없어서 귀를 뒤로 젖힌 채 열심히 달릴 뿐이었다. 복서 얼굴은 창가에 두 번 다시 안 나타났다. 누군가 마차를 앞질러서 판자 다섯 개짜리 대문을 닫으려고 하는데, 이미 늦었다. 마차는 대문을 순식간에 빠져나가더니 큰길 아래로 사라졌다. 이후로 복서는 두 번 다시 안 보였다.

사흘 뒤에 말이 받을 수 있는 치료를 다 받았지만 결국 복서는 윌링던에 있는 병원에서 사망했다는 발표가 나왔다. 꽥꽥이가 나타나서 그렇게 전했다. 복서가 임종할 때 자신이 자리를 지켰다면서 앞발을 들고 눈물을 닦으며 말했다.

"지금까지 그토록 감동적인 광경을 본 적이 없소! 나는 마지막 순간을 머리맡에서 지켜보았소. 복서는 임종이 가까워지자 풍차를 완성하기 전에 죽는 게 마음에 걸린다면서 내 귀에 대고 들릴락 말락 가냘프게 속삭였소. '전진하시오, 동지들! 혁명의 이름으로 전진하시오 동물농장, 만세! 나폴레옹 동지 만세! 나폴레옹 동지는 언제나 옳다.' 바로 이게 복서가 남긴 마지막 유언이오, 동지들.”

그러더니 꽥꽥이는 갑자기 태도를 바꿨다. 그래서 잠시 입을 다물고 조그마한 눈으로 주변을 의심스럽게 살피다가 다시 말했다.

“복서를 병원으로 태워갈 때 고약한 소문이 나돈 건 나도 아오. 복서를 태우고 간 마차에 ‘폐마 도살’이라고 적힌 걸 보고 일부는 복서를 폐마 도살업자에게 넘긴 것으로 지레짐작했다는데, 우리 가운데에 그렇게 어리석은 자가 있다는 사실을 도저히 믿을 수 없소.”

꽥꽥이는 꼬리를 빳빳이 세우고 이쪽 끝에서 저쪽 끝으로 껑충껑충 뛰며, 존경하는 지도자 나폴레옹 동지께서 어떻게 그런 일을 저지른다고 생각할 수 있느냐고 격분한 어조로 분통을 터트렸다. 그런 마차가 온 이유를 꽥꽥이는 아주 간단하게 설명했다. 마차는 원래 도살업자 소유인데 수의사가 사들이고 옛날 이름을 아직 안 지워서 생긴 오해라는 것이다.

동물들은 이 말을 듣고 마음이 크게 놓였다. 그리고 복서가 임종하던 광경과 마지막까지 받은 극진한 보살핌과 나폴레옹이 비용을 안 아끼고 값비싼 치료를 받도록 한 것에 대해 꽥꽥이가 지금 눈앞에서 벌어지기라도 하는 것처럼 생생하게 이야기를 풀어나가자, 동물들은 마음속에 품은 마지막 의심까지 말끔히 사라졌다. 적어도 복서가 임종을 행복하게 맞이했다고 생각하니 동지가 죽은 슬픔도 웬만큼 가라앉힐 수 있었다.

이윽고 찾아온 일요일 아침에는 나폴레옹이 모임에 직접 나타나서 짤막한 연설로 복서를 칭송했다. 그러면서, 동지가 죽은 유해를 농장까지 데려와서 매장할 순 없지만, 본채 정원에 있는 월계수로 커다란 화환을 만들어서 복서 무덤에 바치도록 했다고 말했다. 그리고 앞으로 사나흘 안에 돼지들이 복서의 죽음을 애도하며 추모연회를 열 계획이라고도 했다. 나폴레옹은 복서가 입버릇처럼 말하던 "내가 더 열심히 일하면 돼!"와 "나폴레옹 동지는 언제나 옳다"는 좌우명을 다시 한 번 상기하고, 동물이라면 누구든 이런 내용을 좌우명으로 삼아야 할 거라는 말로 연설을 마쳤다.

추모연회를 여는 날에는 윌링던에서 식료품 가게 마차가 커다란 나무 상자 하나를 농장으로 배달했다. 그리고 밤에는 본채에서 시끌벅적한 노랫소리가 일어나더니, 크게 싸우는 소리가 잇따르다가 열한 시쯤에는 유리 깨지는 소리와 함께 끝났다. 이튿날 정오까지 본채에서 누구 하나 기척을 않고, 돼지들이 어디선가 돈을 구해서 위스키 한 상자를 새로 사들였다는 소문만 나돌았다.

X

몇 해가 흘렀다. 계절이 여러 번 찾아오고 물러가는 사이에 수명이 짧은 동물은 세상을 하나둘 떠났다. 이제는 클로버, 벤자민, 까마귀 고세, 그리고 돼지 몇 마리 말고는 반역 이전 시절을 기억하는 동물이 하나도 없었다.

뮤리엘이 죽고, 초롱꽃과 집게와 제시도 세상을 떠났다. 존스도 외딴 마을에 있는 알코올 중독자 수용소에서 숨을 거두었다. 눈뭉치는 기억에서 완전히 사라졌다. 복서 역시 예전에 알고 지내던 극소수 말고 기억하는 이가 없었다. 클로버는 늙고 뚱뚱한 암말로 변해서 관절이 뻣뻣하게 굳고 눈에는 툭하면 눈곱이 꼈다. 은퇴할 나이가 이 년이나 지났지만 실제로 동물농장에서 은퇴한 동물은 지금까지 단 한 마리도 없었다. 목초지 한쪽 구석을 꾸며서 동물이 은퇴하면 지내도록 한다는 계획은 오래전에 사라졌다. 나폴레옹은 장년 수퇘지가 되어서 몸무게가 백오십 킬로그램이나 나갔다. 꽥꽥이는 너무 살쪄서 두 눈으로 앞을 보는 것도 힘들 정도였다. 오직 벤자민 하나만 예전과 달라진 게 없었다. 콧잔등 털이 희끄무레하게 바래고, 복서가 죽은 뒤로 말이 훨씬 줄어서 그만큼 더 무뚝뚝하게 변한 게 전부였다.

농장에는 애초에 기대한 만큼은 아니더라도 동물 숫자가 꽤 많이 늘었다. 새로 태어난 동물에게 반역은 입으로만 전하는 희미한 전설에 지나지 않고, 다른 농장에서 팔려온 동물은 여기에 오기 전까지 반역에 관한 이야기를 들어본 적이 한 번도 없다고 했다. 농장에는 클로버 말고도 말이 세 마리나 있었다. 셋 다 몸이 아주 튼튼한 데다 부지런히 일하는 착실한 동지지만, 머리는 정말 멍청했다. 알파벳을 B 이상 깨달은 말이 하나도 없었다. 이들은 클로버를 부모처럼 따르고 존경하며, 클로버가 하는 말이라면 무엇이든 받아들였다. 반역에 얽힌 이야기와 동물주의 원리도 마찬가지였다. 하지만 내용을 얼마나 이해하는지는 의심스러웠다.[2]

동물농장은 예전보다 번창하고 조직도 체계적이었다. 필킹턴에게 밭을 두 뙈기나 사들여서 규모도 키웠다. 드디어 풍차도 성공적으로 완성하고, 전용 탈곡기와 건초 운반기도 자체적으로 갖추고, 다양한 건물도 새로 지었다. 윔퍼도 이륜마차를 사서 몰고 다녔다. 하지만 풍차는 전기를 만드는 발전용으로 사용할 수 없었다. 곡물을 빻기에 좋아서 상당한 이익을 내는 정도였다. 동물들은 다른 풍차를 건설하려

---

2) '자본주의 체제에서 성장한 인간은 사회주의에 맞는 이타성을 발휘할 수 없다'는 주장에 대해 레닌은 '사회주의 체제에서 새로운 인간이, 뉴맨이 나타나 이성을 발휘하면서 사회주의는 완성된다'는 '뉴맨 사상'을 주장했다. 새로운 세대가 혁명 이념까지 잊었다는 건 혁명이 변질되었다는 걸 의미한다.

고 열심히 일했다. 새 풍차를 완성하면 발전기를 정말로 설치한다는 소문이 돌았다. 하지만 예전에 눈뭉치가 말하던, 전등과 온수와 냉수 시설을 갖춘 축사라든가 일주일에 사흘만 일하는 꿈같은 이야기를 하는 동물은 하나도 없었다. 이런 사고방식은 동물주의 정신에 어긋난다고 나폴레옹이 비난했기 때문이다. 열심히 일하고 검소하게 사는 자체가 참된 행복이라는 것이다.

농장은 예전보다 확실히 풍족한 것처럼 보이지만 생활이 윤택하게 변한 건 하나도 없었다. (물론 돼지나 개는 예외다.) 생활이 여전히 고된 이유 가운데 하나는 돼지와 개가 많이 늘어났기 때문인 것 같았다. 이들 역시 나름대로 일을 하긴 했다. 꽥꽥이가 귀가 따갑도록 이야기한 것처럼, 농장을 감독하고 조직하는 업무는 끝이 없었다. 하지만 다른 동물은 너무 무식해서 도저히 이해할 수 없는 업무였다. 예를 들어, 꽥꽥이는 돼지들이 날마다 어마어마한 노동에 시달리며 까다로운 작업을 벌여서 '서류철'이나 '보고서'나 '회의록'이나 '비망록'을 만든다고 설명했다. 큼지막한 종이 다발에 글씨를 빽빽하게 써넣는 건데, 그래서 종이에 글씨를 다 채우면 그것을 아궁이에 던져서 태워버린다는 것이다.[3] 꽥꽥이는 그걸 농장 발전에 가장 중요한 작업이라고 했다. 하지만 돼지나 개가 몸소 일해서 식량을 생산하는 법은 없었다. 그런데도 숫자는 아주 많은 데다 식욕은 언제나 왕성했다.

동물 일반이 살아가는 모습은 자신들이 아는 한, 예전과 달라진게 하나도 없었다. 항상 굶주리고, 누추한 짚북데기에서 잠자고, 웅덩이에서 물을 마시고, 들판에서 온종일 일했다. 겨울에는 추위로 고생하고, 여름에는 파리에게 시달렸다. 나이가 지극한 동물은 어렴풋한 기억을 더듬으며, 존스를 추방한 반역 초기에는 형편이 지금보다 좋았

---

3) 전형적인 관료주의 폐해를 뜻한다.

는지 나빴는지를 떠올리려고 애썼다. 그런데 아무것도 안 떠올랐다. 현재의 삶과 비교할 수 있는 게 하나도 없었다. 꽥꽥이가 읊어주는 통계 수치가 전부인데, 거기에 의하면 모든 상황이 다양하게 좋아졌다. 그럴 때마다 동물은 도무지 이해할 수 없는 문제에 부닥쳤다. 그러나 이런 문제에 대해 곰곰이 생각할 시간은 조금도 없었다. 늙은 벤자민은 자신이 오랫동안 살아온 생애를 모두 자세히 기억한다면서, 세상살이 자체는 더 좋아진 적도 없고 더 나빠진 적도 없다고 말할 뿐이다. 굶주림과 고된 노동과 실망스러운 삶은 영원히 변치 않는 법칙이라면 서 말이다.

그래도 동물들은 희망을 절대로 버리지 않았다. 게다가 자신은 동물 농장의 일원이라는 명예와 특권의식을 단 한 순간도 안 잊었다. 인근 지역은 물론 영국 전체에서 동물이 소유하고 운영하는 농장은 자기네 밖에 없었다. 아주 어린 새끼는 물론 수십 킬로미터나 떨어진 농장에서 팔려온 동물도 이런 사실에 하나같이 감탄했다. 그래서 축포 소리를 울리고 깃대에서 펄럭이는 초록 깃발을 볼 때마다 가슴에서 자부심이 한없이 부풀어 오르고, 그러다 보면 존스를 추방해서 '일곱 계명'을 만들고 위대한 전투를 벌여서 용감하게 싸우며 인간을 물리치던 이야 기도 자연스럽게 흘러나왔다.

오래전에 품은 꿈 가운데 포기한 건 하나도 없었다. 메이저 영감이 예언한 대로, 푸르른 영국 들판에서 인간의 발자취를 몰아내고 동물 공화국을 세운다는 꿈을 여전히 굳게 믿었다. 언젠가는 그런 날이 찾아 올 거라고, 지금 당장은 아닐지라도, 지금 살아가는 동물이 모두 죽은 다음일지라도, 그날은 반드시 온다고 굳게 믿었다. '영국 동물' 곡조를 여기저기에서 몰래 흥얼대기도 하는 것 같았다. 마음 놓고 커다랗게 노래하는 동물은 하나도 없지만, 농장에 사는 한 누구나 노래를 아는 건 분명했다.

삶은 여전히 고통스럽고 희망을 실현한 건 하나도 없을지언정, 자신이 다른 동물과 다르다는 사실만큼은 확실하게 의식했다. 굶주릴지언정 포악한 인간을 먹여 살리느라 그런 건 아니다. 고된 노동에 시달릴지언정 최소한 자신을 위한 노동이다. 자신들 사이에 두 다리로 걷는 존재는 하나도 없다. 다른 존재를 '주인님'이라고 부르는 동물 역시 하나도 없다. 동물은 모두 평등하다.

초여름에 하루는 꽥꽥이가 양 무리에게 자신을 따라오라고 지시하더니, 농장 건너편으로, 어린 자작나무가 무성하게 자라는 황무지로 데려갔다. 양 무리는 꽥꽥이가 감독하는 가운데 거기에서 자작나무 잎을 뜯어먹으며 하루를 꼬박 보냈다. 그러다가 저녁이 되자, 꽥꽥이는 날씨가 따뜻하니 거기에서 지내라고 양 무리에게 말한 뒤에 혼자서 본채로 돌아왔다. 결국 양 무리는 거기에서 일주일을 꼬박 보내며 생활하고, 그동안 다른 동물은 농장에서 양을 한 마리도 볼 수 없었다. 꽥꽥이는 날마다 거기에 가서 양 무리와 많은 시간을 함께 보냈다. 그리고 비밀을 유지해야 한다면서 새로운 노래를 가르쳤다.

양 무리가 농장으로 돌아오고, 어느 상쾌한 저녁에 동물은 여느 때처럼 하루 일을 마치고 축사로 돌아오는데, 말 한 마리가 겁에 질려서 히힝 울어대는 소리가 안마당에서 일어났다. 모든 동물이 깜짝 놀라며 그 자리에 얼어붙었다. 클로버 목소리였다. 클로버가 또다시 울부짖는 소리에 모든 동물이 안마당으로 재빨리 달려갔다. 그러자 클로버가 겁에 질린 원인이 한눈에 보였다.

돼지 한 마리가 두 발로 서서 걸었다!

그렇다, 꽥꽥이였다. 커다란 몸집을 두 다리로 지탱하는 게 익숙지 않은 듯 어색하게 뒤뚱거리긴 하지만, 용케 균형을 잡고서 마당을 이리저리 거닐었다. 잠시 뒤에는 본채 문이 열리면서 돼지가 줄지어 나오는데, 모두 뒷다리로 걸었다. 어떤 돼지는 유난히 잘 걷고, 한두 마리는 불안해 보이는 게 지팡이를 짚어야 할 것 같지만, 모두 두 다리로 일어서서 안마당을 한 바퀴씩 무사히 돌았다. 그러자 이번에는 개들이 사납게 짖어대는 소리와 날카로운 수탉 울음소리가 일어나더니 나폴레옹이 직접 나타나서 좌우를 오만하게 바라보며 두 다리로 일어나서 위풍당당하게 걷고, 개들은 주변을 껑충껑충 뛰어다녔다.

그런데 나폴레옹 앞발에는 채찍까지 들렸다.

끔찍한 침묵이 흘렀다. 동물들은 거대한 충격에 소스라치게 놀라서 한쪽에 모여 돼지들이 안마당을 한 바퀴 돌며 천천히 행진하는 모습을 지켜보았다. 세상이 거꾸로 뒤집힌 것 같았다. 그러다가 시간이 흐르면서 처음에 몰려든 충격도 웬만큼 가라앉자, 이번에는 무슨 일이 있어도, 개들이 너무 무서운 나머지 오랜 세월에 걸쳐 어떤 일에도 불평하거나 비판하지 않는 습관이 들었다 해도, 이번에는 반드시 항의하고 싶었다. 하지만 바로 그 순간, 신호라도 받은 듯 양들이 일제히 엄청난 소리로 울어대기 시작했다.

"네 다리는 좋고, 두 다리는 '더' 좋다! 네 다리는 좋고, 두 다리는 '더' 좋다! 네 다리는 좋고, 두 다리는 '더' 좋다!"

자그마치 오 분이나 이렇게 울어댔다. 그러다가 입을 다물 무렵에는 항의할 기회도 사라지고 말았다. 돼지들이 본채로 들어가며 사라졌기 때문이다.

벤자민은 누군가 자기 어깨에다 코를 비비는 걸 느꼈다. 뒤를 돌아보았다. 클로버였다. 클로버는 두 눈이 어느 때보다 침침했다. 그래서 아무 말 않고 벤자민 갈기를 가만히 잡아당겨서 '일곱 계명'이 적힌 커다란 헛간으로 데려갔다. 그리고 끝에 적힌 하얀 글씨를 바라보다가 말했다.

"눈이 제대로 안 보여. 젊을 때도 저기에 적힌 글씨를 제대로 못 읽었어. 하지만 저 벽이 예전과 다른 것 같아. '일곱 계명'이 예전과 똑같은 거야, 벤자민?"

벤자민은 자신이 세운 원칙을 이번에는 깨뜨리겠다 마음먹고 벽에 적힌 글을 읽어주었다. 이제 벽에 남은 계명은 하나밖에 없었다. 이런 내용이다.

모든 동물은 평등하다. 그러나 더 평등한 동물도 있다.

바로 다음 날부터 돼지가 작업을 감독할 때마다 앞발에 채찍을 드는 건 조금도 이상하게 보이지 않았다. 돼지가 라디오를 사들이고 전화를 설치하고, '영국사람', '재미있는 뉴스', '하루를 보는 거울' 같은 잡지와 신문을 구독한다는 말을 들어도 이상하지 않았다. 나폴레옹이 담배를 입에 물고 정원을 거니는 광경도 이상하게 보이지 않았다. 그렇다, 돼지들이 존스 옷장에서 옷을 꺼내 입어도, 나폴레옹이 검정 윗도리와 사냥용 바지에다 가죽 각반까지 하고 나타나도, 나폴레옹이 가장 좋아하는 암돼지가 존스 부인이 일요일마다 즐겨 입던 물결무늬 비단 드레스 차림으로 나타나도 마찬가지였다.

그리고 일주일이 지난 오후에는 이륜마차 여러 대가 농장으로 들어섰다. 인근에서 농장 주인들이 초대받고 농장을 시찰하러 온 것이다. 일행은 농장 곳곳을 안내받으며 눈에 띄는 것마다 감탄하고 바라보는데, 풍차를 볼 때는 특히 더했다. 동물들은 밭에서 잡초를 뽑는 중이었다. 그래서 땅바닥만 내려다보며 열심히 일했다. 돼지와 인간 가운데 어느 쪽이 더 무서운 존재인지 애매했다.

그날 밤에는 본채에서 웃음소리와 노랫소리가 요란하게 흘러나왔다. 그러다가 돼지와 인간 목소리가 뒤섞이는 순간에 동물들은 갑자기 호기심을 느꼈다. 동물과 인간이 동등한 자격으로 처음 만난 자리에서 도대체 어떤 일이 벌어지는 걸까? 그래서 본채 정원으로 살금살금 기어들었다.

문 앞으로 다가서는 순간에 두려운 생각이 문득 떠올라서 주춤하자, 클로버가 앞장서서 안으로 들어갔다. 다른 동물도 발소리를 죽이고 조심스레 따라가고, 커다란 동물은 식당 창문으로 내부를 들여다보았다. 농장주 여섯 명과 고위층 돼지 여섯 마리가 기다란 식탁에 둘러앉고 나폴레옹은 상석을 차지했다. 돼지가 의자에 앉은 모습이 모두 편하게 보였다. 카드놀이를 하다가 잠시 쉬는 중인데, 건배하려고 그러는 게 분명했다. 큼직한 술병이 한 바퀴 돌면서 술잔마다 맥주를 가득 채웠다. 동물이 놀란 얼굴로 창문을 들여다본다는 사실은 아무도 눈치를 못 챘다.

'여우 숲' 농장주 필킹턴이 술잔을 들고 일어섰다. 그러더니 모두에게 건배를 제의하겠다고 했다. 하지만 건배하기 전에 몇 마디 하고 싶은 말이 있다면서 이렇게 말했다.

"여러분, 오랜 시간에 걸쳐서 쌓여오던 의혹과 오해가 이제 말끔히 풀려서 본인은 대단히 만족스러운데, 이 자리에 참석한 다른 모든 분도 마찬가지일 겁니다. 본인은 물론 여기에 참석한 분이 그런 적은 없겠지만, 동물농장에서 존경스런 주인을 쫓아낼 때만 해도 사람들이 적대감까진 아니더라도 의혹 어린 시선으로 바라보았는데, 그건 이웃 인간이 오해했기 때문인 것 같습니다. 불행한 사건이 일어난 다음에 심각한 오해가 퍼져나갔으니까요. 그래서 사람들은 돼지가 소유하고 경영하는 농장이 존재한다는 자체를 왠지 비정상인 데다 이웃 농장에 부정적인 영향을 미칠 수도 있다고 생각했습니다. 농장주 대다수가 정확히 알아보지도 않고, 이런 농장에는 방종과 무질서가 만연할 거라고 단정한 게 사실입니다. 그래서 자신이 부리는 동물은 물론이고 인간 일꾼에게도 안 좋은 영향이 미칠까 불안했습니다. 그런데 이런 의혹은 이제 말끔히 사라졌습니다. 오늘 본인은 여러분과 함께 동물농장을 방문해서 내 눈으로 구석구석을 자세히 살펴보았는데, 우리 눈에 어떤 게 보였습니까? 가장 현대적인 영농법은 물론이고 모든 농장주에게 모범이 될 만큼 질서정연한 규율이었습니다. 본인은 동물농장 하층 동물이 인근에 있는 어떤 동물보다 일을 많이 하면서 식량은 적게 먹는 효율성을 발휘한다고 확신합니다. 본인도 그렇지만, 오늘 여기를 방문한 분 모두 여기에서 발견한 새롭고 효율적인 방법을 자신의 농장에 즉시 도입하고 싶은 마음이 강할 겁니다.

본인은 동물농장이 이웃 농장하고 우호적인 감정을 앞으로도 지금처럼 꾸준히 유지해야 한다는 사실을 다시 한 번 강조하면서 인사를 마칩니다. 돼지는 인간하고 어떤 형태로든 이해관계가 충돌한 적이 없고, 그럴 필요도 없습니다. 각자가 살아가면서 어려움을 겪는 건 매한가지니까요. 노동 문제란 어디를 가나 똑같답니다."

이 대목에서 필킹턴은 자신이 미리 신경 써서 준비한 재담을 꺼내려는 게 분명한데, 그 말을 떠올리는 순간에 웃음부터 터져 나오고 말았다. 그래서 웃음을 억누르느라 여러 겹으로 접힌 턱이 빨갛게 변할 정도로 숨을 멈춘 다음에 비로소 입을 열었다.

"여러분이 하층 동물을 상대한다면, 우리는 하층 계급을 상대하니 말입니다!"

재치 있는 말에 좌중은 폭소를 터트리고, 필킹턴은 적은 식량 배급과 기나긴 노동 시간과 충성하는 분위기 등 동물농장에서 자신이 목격한 내용에 대해 돼지들에게 다시 한 번 찬사를 보냈다. 그리고 모두에 게 자리에서 일어나 술잔을 가득 채우라고 하며 마무리했다.

"신사 여러분! 모두 건배합시다. 동물농장의 발전을 위하여!"

열광적으로 환호하며 발을 구르는 소리가 일어났다. 나폴레옹은 몹 시 만족스러운 나머지 자리에서 일어나 식탁을 돌아서 필킹턴하고 술잔을 부닥친 다음에 잔을 쭉 비웠다. 환호성이 가라앉자, 두 다리로 서 있던 나폴레옹이 자신도 몇 마디 하겠다고 말했다. 언제나 그렇듯 핵심을 짚는 짤막한 연설이었다.

"본인 역시 오해의 시대가 끝났다는 사실을 무척이나 기쁘게 생각합 니다. 본인과 우리 동료는 겉으로 볼 때 뭔가 파괴적이고 혁명적인 데가 있다는 소문이 오랫동안 돌아다녔는데, 그건 사악한 적이 악의를 품고 퍼뜨린 것에 불과합니다. 그래서 우리는 이웃 농장에서 동물을 선동하고 반란을 부추긴다는 오해까지 받았습니다. 하지만 이건 사실 과 완전히 다릅니다! 우리가 바라는 유일한 소원은 예나 지금이나 이웃 과 평화롭게 살면서 정상적인 사업 관계를 유지하는 겁니다. 덧붙여서 말하고 싶은 건, 영광스럽게도 본인이 관리하는 농장은 협동 기업이라 는 사실입니다. 부동산 권리 증서를 본인이 보관하긴 해도 소유권은 돼지 공동으로 되어 있으니까요.

본인은 오랜 의혹이 여전히 남았다고 생각하지 않지만, 서로 신뢰하 는 관계를 더욱 공고히 다지는 의미로 최근에 농장에서 생활 규정을 일부 바꾸었습니다. 지금까지 우리 농장은 모든 동물이 서로를 '동지' 라고 부르는 아주 어리석은 관습을 지켜왔답니다. 앞으로는 이걸 금지 할 예정입니다. 그리고 언제부터 시작했는지 모호하지만, 일요일 아침 마다 행진해서 정원 말뚝에 걸어놓은 수퇘지 해골 앞을 지나는 참으로 기묘한 관습도 있습니다. 이것 역시 금지할 예정입니다. 해골은 이미

땅속에 묻어버렸답니다. 여러분은 농장에 들어서는 순간, 게양대 꼭대기에서 펄럭이는 초록 깃발을 보았나요? 그렇다면 예전에 하얗게 그려 넣은 발굽과 뿔 역시 사라졌다는 사실을 알아차렸겠군요. 앞으로는 그렇게 아무 그림도 없이 초록 깃발만 펄럭일 겁니다.

앞에서 필킹턴 선생이 우정 어린 연설을 참으로 훌륭하게 하셨는데, 그중에 이의를 제기하고 싶은 내용이 하나 있습니다. 필킹턴 선생은 연설하는 내내 우리 농장을 '동물농장'이라고 표현하셨어요. '동물농장'이라는 이름을 폐지했다는 사실을 몰라서 그렇게 말씀하신 것 같습니다. 하지만 모르는 게 당연하지요. 지금 이 자리에서 처음 발표하는 거니까요. 그렇습니다, 앞으로는 우리 농장을 '중세 영지 농장'이라고 부르겠습니다. 우리 농장에 가장 합당한 이름이라고 믿어 의심치 않으니까요.

신사 여러분! 아까처럼 본인도 건배를 청하면서 내용만 바꾸겠습니다. 자, 술잔을 가득 채우시고, 신사 여러분, 중세 영지 농장의 발전을 위하여!"

드디어 나폴레옹이 마무리하자, 아까처럼 뜨거운 환호성을 터트리면서 모두 한 방울도 안 남기고 술잔을 말끔히 비웠다. 하지만 바깥에서 이런 광경을 지켜보던 동물들 눈에는 뭔가 아주 이상한 현상이 일어나는 것처럼 보였다. 돼지마다 얼굴이 변한 것 같은데, 대체 뭐가 변한 걸까? 클로버는 침침한 눈으로 돼지 얼굴을 하나씩 살폈다. 턱이 다섯 겹으로 접힌 돼지도 있고, 네 겹으로 접힌 돼지도 있고, 세 겹으로 접힌 돼지도 있었다. 그런데 돼지 얼굴이 녹아내리면서 다른 모습으로 변하는 게 아닌가? 저건 도대체 무언가? 이윽고 환호성이 잦아들더니, 돼지와 인간은 카드를 집어서 잠시 중단한 카드놀이를 다시 시작하고, 동물들은 조용히 빠져나왔다.

　하지만 동물은 이십 미터도 못 가서 걸음을 멈추었다. 본채에서 커다란 소리가 요란하게 일어난 것이다. 그래서 재빨리 돌아가 창문을 다시 들여다보았다. 그렇다, 격렬한 싸움이 벌어졌다. 서로에게 고함치고, 식탁을 탕탕 내리치고, 의혹에 찬 눈초리로 노려보며 상대가 하는 말에 격렬하게 반발했다. 싸움이 일어난 원인은 나폴레옹이 필킹턴과 동시에 스페이드 에이스를 내놓았기 때문으로 보였다.

　목소리 열두 개가 잔뜩 화나서 고함치는데, 모두가 하나같이 비슷했다. 돼지마다 얼굴이 변한 모습도 이제 분명히 드러났다. 창밖에서 지켜보던 동물은 돼지를 쳐다보다가 인간을 쳐다보고, 인간을 쳐다보다가 돼지를 다시 쳐다보았다. 하지만 누가 돼지고 누가 인간인지 도저히 구분할 수 없었다.

우화는 동물을 빌려서 인간사회를 말하는 소설 장르다. 동물이 지닌 특징에 빗대서 다양한 인간을 풍자하는데, 여기에서 중요한 건 설득력이다. 조지 오웰은 소련에서 구체적으로 벌어진 다양한 역사를 체계적으로 연구해서 〈동물농장〉에 그대로 대비하는 식으로 설득력을 확보하고 우화 특유의 풍자를 덧붙인다.

조지 오웰은 인간이 인간답게 살아가는 이상 사회를 평생 꿈꾸며 노력한 작가다. 그래서 인간이 인간을 지배하고 억압하는 사회와 끊임없이 싸운다. 스탈린이 지배하던 소련이 그렇고 히틀러가 지배하던 나치 독일이 그렇고 파시스트 프랑코가 지배하던 스페인이 그렇고 제국주의가 그렇고 자본주의가 그랬다. 그런데 당시 영국사회 좌파 지식인은 스탈린과 소련을 동경하며 현실을 외면하는 분위기가 강했다. 조지 오웰은 진정한 사회주의를 발전시키려면 기존의 사회주의를 깨뜨려야 한다 생각하고, 스탈린과 소련 비판을 시작한다. 그리고 〈동물농장〉 우크라이나어판 서문에서 '지난 10년 동안 나는 사회주의

운동을 재건하는 데 근본적으로 필요한 건 소비에트 신화를 파괴하는 것이라고 확신하게 되었다'고 밝힌다. 이런 생각은 〈동물농장〉에서 그대로 나타난다.

수퇘지 메이저 영감은 세상 이치를 깨닫고 동물에게 반역을 일으켜서 모든 동물이 평등하게 살아가는 사회를 만들라고 호소한다. 결국, 동물은 농장주 존스와 일꾼을 내쫓고 농장을 장악한다. 농장 이름도 〈동물농장〉으로 바꾼다. 머리가 좋은 눈뭉치와 나폴레옹과 꽥꽥이는 이상적인 동물 공화국을 건설하기 위해 '일곱 계명'을 정하고 일요일마다 모임을 열고 학습도 열어서 문맹을 퇴치하고, 동물은 주인의식을 가지고 농장 운영에 참여한다.

동물농장 옆에는 '조각 들판' 농장과 '여우 숲' 농장이 있는데, 존스는 두 농장 힘을 빌려서 동물농장에 침입한다. 눈뭉치는 뛰어난 작전으로 인간을 물리치나, 총알이 등을 살짝 스치며 지나는 상처를 입는다. 복서 역시 특히 열심히 싸워서 눈뭉치와 함께 '동물 영웅 1급 훈장'을 받고, 전사한 양은 '동물 영웅 2급 훈장'을 받는다.

그런데 풍차 건설을 계기로 동물 사이에서 권력 투쟁이 나타난다. 권력 지향성이 강한 나폴레옹은 개 아홉 마리를 앞세워서 이상주의자 눈뭉치를 축출하고 공포 분위기를 조성하면서 간교한 꽥꽥이를 내세워 동물을 설득하고 상황을 조작해 독재 체제를 만들어나간다. 농장을 운영하는 방침도 바꿔서 일요일마다 토론하며 중의를 모으던 과정을 폐지하고 나폴레옹이 모든 걸 결정한다. 게다가 눈뭉치가 세운 계획이라서 반대하던 풍차 건설에 들어가고, 존스가 다시 쳐들어온다고 협박하며 모든 자유를 억압하고, 눈뭉치를 반동으로 낙인찍는다. 돼지가 호의호식하려고 동물들 작업량은 계속 늘리며 식량 배급은 줄이더니, 불평하거나 항의하는 동물이 나오면 첩자로 몰아서 숙청하며 공포정치를 펼친다.

나폴레옹은 동물농장에 있는 목재를 팔려고 윔퍼 변호사를 통해 프레더릭과 필킹턴하고 협상한다. 프레더릭은 많은 관심을 보이다가 위조지폐로 목재를 사들인다. 그리고 곧바로 동물농장을 습격한다. 장정 열다섯 명이 절반이나 총으로 무장하고 달려든 것이다. 나폴레옹이 독려하고 복서도 열심히 싸우지만, 프레더릭은 축사를 제외한 목장 전체와 함께 풍차까지 점령한다. 나폴레옹은 '여우 숲' 농장에 도움을 기대하는데 필킹턴은 '꼴좋군. 당해도 싸다!'는 답신만 보내고, 프레더릭은 폭탄으로 풍차를 폭파한다. 그와 동시에 모든 동물이 분노하며 달려들어 마침내 침략자를 내쫓는다. 모스크바를 침공한 히틀러와 치열하게 싸워서 격퇴한 걸 상징한다.

나폴레옹을 중심으로 지배계급은 존스 부부가 살던 본채로 다시 들어가서 술을 마시고 침대에서 자고 옷을 입고 특권층 자녀를 위한 교실을 짓고 심지어 인간과 거래하며 돈까지 만진다. '일곱 계명'을 정해서 경계하던 인간사회의 나쁜 폐단이 훨씬 심하게 나타나기 시작한 것이다. 결국 '일곱 계명'은 모두 사라지고, 우직하고 성실하게 일하던 복서는 인간에게 팔려서 도살장으로 끌려가고, 돼지는 인간처럼 두 다리로 일어나서 채찍을 들고 동물을 감시한다. "네 다리는 좋고 두 다리는 나쁘다"던 구호는 "네 다리는 좋고 두 다리는 더 좋다"는 구호로 둔갑하고, '모든 동물은 평등하다'는 '모든 동물은 평등하다. 그러나 더 평등한 동물도 있다'로 바뀐다. 나폴레옹이 인간과 새로운 협상을 벌이는데, 동물들 눈에 돼지는 인간처럼 보이고 인간은 돼지처럼 보여서 분간할 수 없다. 이상 사회를 꿈꾸던 혁명이 완전히 실패한 것이다.

〈동물농장〉에 등장하는 다양한 동물과 인물 그리고 다양한 사건은 구체적인 현실을 상징한다. '중세 영지 농장'이란 이름 자체는 중세 농노 분위기가 그대로 존재하던 러시아를, 메이저 영감은 카를 마르크스와 블라디미르 레닌을, 독재자 돼지 나폴레옹은(프랑스 번역본에는 '나폴레옹'이 지닌 상징성 때문에 '시저'로 표기한 게 재미있다) 스탈린을, 나폴레옹과 경쟁하는 눈뭉치는 스탈린과 경쟁하던 트로츠키를 나타낸다. 꽥꽥이는 나폴레옹의 영원한 충복 뱌체슬라프 몰로토프와 프라우다를, '꼬맹이'는 막심 고리키나 블라디미르 마야콥스키를 나타낸다. 개는 비밀경찰을, 돼지는 소련공산당 당원을 나타내고, 농장주 존스는 러시아에서 쫓겨난 황제 니콜라이 2세를, 양은 스탈린을 광적으로 따르는 우매한 민중을, 까마귀 모세는 러시아 정교회를 나타낸다. 새끼돼지는 소련공산당의 일당독재와 권력세습을 상징하고, 나폴레옹 독재에 반기를 들다가 반역자로 몰려서 살해당하는 돼지 네 마리는 트로츠키파로 몰려서 숙청당한 공산당원을 상징한다.

소박하고 부지런하게 일하며 나폴레옹에게 충성하다가 비극적으로 죽는 복서는 공산 혁명에 자발적으로 참여한 프롤레타리아 계급을 풍자하고 마지막에 복서가 팔려나가는 장면은 나폴레옹을 비롯한 지도층이 민중을 배신한 걸 은유한다. 돼지를 의심하면서도 일곱 계명을 자주 까먹으며 자책하는 클로버는 교육을 어느 정도 받았지만 무기력한 중산층을 상징하고, 인근 농장으로 도망가서 일하는 몰리는 러시아 혁명으로 축출당한 부르주아를 상징한다. 혁명을 회의적으로 바라보는 벤자민은 소련 내부에 존재하던 유대인이나 현실 도피하던 지식인 그리고 조지 오웰 자신을 상징한다. 글을 천천히 읽을 줄 아는 늙은 염소 뮤리엘은 신문을 구해서 동물에게 읽어주는데, 나중에 뮤리엘이 죽는 건 남아있던 지식인층이 소멸했다는 의미다.

달걀을 몰수하겠다는 나폴레옹 결정에 달걀을 마구 부수며 저항한 암탉은 사유재산 철폐와 재산 국유화에 저항하던 부농 계층을 뜻하고, 들쥐는 소련 북쪽 원주민과 중앙아시아인과 캅카스 주민을 상징하며, 농장 일에 참여하지 않는 고양이는 러시아 혁명과 공산주의에 소극적으로 저항하던 민중을 상징한다. 프레더릭은 아돌프 히틀러를, '조각 들판' 농장은 나치 독일을 상징하고, 필킹턴은 미국 프랭클린 루스벨트 대통령과 영국 윈스턴 처칠 수상을 상징하며 '여우 숲' 농장은 자본주의 국가를 상징한다. 소설 마지막에 등장하는 카드게임은 테헤란 회담을 상징하고, 나폴레옹과 필킹턴이 동시에 "스페이드 에이스"를 내놓은 건 냉전을 뜻하며, 동물들이 돼지와 인간을 구별할 수 없다고 말한 건 소련이 보인 행태 역시 서구 제국주의와 다를 바 없다는 말이다.

나폴레옹이 동물농장을 인간 세상에 알리려고 고용한 윔퍼 변호사는 1930년대 당시에 소련을 찬양한 장폴 사르트르와 버나드 쇼 같은 서구 지식인 및 소련과 거래하는 중립국을 상징한다.

존스가 술에 취해서 여기저기에 뚫린 구멍까지 막아야 한다는 사실을 깜박한 것과 등잔불을 이리저리 흔들며 마당을 비틀비틀 가로지른 건 제정 러시아 로마노프 왕조 마지막 황제 니콜라스 2세가 집권한 당시의 무능한 정치 상황과 혼란에 빠진 러시아 사회를 상징하고, 동물들이 합창하는 소리에 존스가 깨어나서 총을 쏜 건 1905년에 왕궁 경비대가 민중의 평화 시위에 발포한 피의 일요일을 상징한다.

존스가 재판에서 돈을 잃고 실의에 빠진 건 러일 전쟁을 상징하고, 동물이 일으킨 반역은 1917년 러시아 혁명을 상징하며 '영국 동물' 노래는 '인터내셔널' 노래를 상징한다. 동물주의는 사회주의를, 동물 공화국은 소비에트 사회주의 연방 공화국을, 녹색 식탁보에 발굽과 뿔을 겹쳐서 그린 깃발은 빨간 바탕에 낫과 망치를 겹쳐 넣은 소련 깃발을 뜻한다.

외양간 전투는 러시아 혁명 후에 서구 세력이 사주한 러시아 내전 (1917년-1922년)을 상징하고 풍차 건설은 스탈린의 경제개발 5개년 계획을 상징하며 풍차는 경제개발 5개년을 상징하는 드네프르 댐을 의미한다. 나폴레옹이 달걀을 강제로 빼앗는 건 스탈린의 집산주의를 상징하고, 암탉이 일으킨 반란은 러시아 부농이 집산주의와 사유재산 국유화에 저항한 걸 상징한다. 나폴레옹이 프레더릭과 손잡은 건 독소 불가침 조약을, 풍차 전투는 독일이 불가침조약을 깨뜨리고 침략한 독소 전쟁을 상징한다.

풍차 파괴는 드네프르 댐 폭파를 의미하는데, 소설에서는 히틀러가 풍차를 파괴한 거로 묘사하나, 실제 역사에서는 스탈린이 폭파를 명령했다. 꽥꽥이가 사실을 조작한 건 소련이 역사적 사실을 러시아 혁명과 공산당에 맞추어나간 걸 상징하고, 메이저 영감의 유골을 전시한 건 레닌 시체를 방부처리 해서 붉은 광장에 안치한 걸 상징한다. 눈뭉치가 세운 풍차 계획을 나폴레옹이 훔쳐간 건 트로츠키가 세운 경제개발 5개년 계획을 스탈린이 훔쳐간 걸 의미하고 '나폴레옹은 언제나 옳다'는 말은 베니토 무솔리니가 실제로 "무솔리니는 언제나 옳다"라고 사용하던 표현이다.

나폴레옹이 '영국 동물'을 금지한 건 스탈린이 1943년에 인터내셔널 노래를 금지하고 소련 국가를 대신 부르게 한 것과 나폴레옹이 1799년에 '라 마르세예즈'를 금지한 걸 상징한다. 〈동물농장〉 명칭을 '중세 영지 농장'으로 바꾼 건 붉은 군대 명칭을 '노동자 농민의 붉은 군대'에서 '소비에트 군대'로 바꾼 걸 뜻하며, 나폴레옹이 수확을 중시한 건 스탈린의 '일국 사회주의'를, 눈뭉치가 다른 농장의 혁명 봉기를 추구한 건 '영구혁명'을 상징하며 "네 다리는 좋고, 두 다리는 나쁘다"는 레닌의 "모든 권력을 소비에트로(4월 테제)"라는 구호를 상징한다.

　　삼 개월 동안 집필해서 1944년 2월에 탈고한 〈동물농장〉은 소련과 스탈린에 대한 신랄한 비유로 가득한 나머지, 한동안 출간을 못 하다가 런던 공습으로 원고가 불타서 사라질 위기에 처하기도 한다. 영국과 미국은 소련을 비판하면 연합군 동맹이 약화할까 꺼리고 좌파 지식인은 소련 비판 자체를 꺼렸기 때문이다. 하지만 이차대전 이후에 미소 냉전이 시작되면서 미국은 〈동물농장〉을 반공산주의 선봉에 내세워서 광범위하게 번역하고 출간한다. 외국어로 제일 먼저 번역 출간한 건 1948년 미 군정 치하의 한국이란 사실은 이를 대변한다. 이차대전 이후에 냉전이 가장 첨예하게 벌어진 지역은 바로 한반도기 때문이다.

　　하지만 〈동물농장〉이 상징하는 대상을 러시아 혁명과 소련으로 굳이 한정할 필요는 없다. 나폴레옹을 아돌프 히틀러, 눈뭉치를 에른스트 룀, 꽥꽥이를 요제프 괴벨스로 보아도 어색할 건 하나도 없다. 이승만, 박정희, 전두환, 이명박, 박근혜, 김기춘은 또 어떤가! 시대를 막론하고 이런 인물은 존재하고, 우리 사회 역시 마찬가지며, 바로 이것 때문에 〈동물농장〉이 우리에게 의미심장하게 다가오니 말이다.

송천동에서

김 옥 수

조지 오웰 연보

1903년　6월 25일, 인도 벵골에서 태어난다. 본명은 에릭 아서 블레어(Eric Arthur Blair)고, 아버지는 스코틀랜드계 영국인으로 인도 정부 아편국 소속 하급관리 리처드 웜슬리 블레어(Richard Walmesley Blair), 어머니는 아이다 메이블 블레어(Ida Mabel Blair)로 영국계와 프랑스계 혈통을 이어받았다.

1904년　어머니는 자식들을 교육하고자 에릭과 다섯 살 위 누나 마조리를 데리고 영국으로 귀국해, 런던에서 60㎞ 떨어진 옥스퍼드 헨리온템스에 정착한다.

1907년　어머니가 막내 에이브릴을 출산한다. 어머니는 남편이 귀국하는 1912년까지 남편이 인도에서 부치는 돈으로 세 아이를 키우며 생활한다.

1911년　9월, 여섯 살에 들어가 2년 동안 공부한 성공회 '헨리온템즈 유치원'에서 추천받아, 영국 남동부 이스트본 근처 사립 예비학교 세인트 시프리언스 기숙사에 학비를 절반만 내는 장학생으로 입학한다. 이곳 생활은 지옥이었다. 부잣집 아이들은 가난한 에릭은 따돌리고, 음식은 형편없고, 겨울철 난방은 안 되고, 공중목욕탕 물은 미지근하고, 커다란 아이들은 끊임 없이 학대하고, 선생님은 수시로 매질하니, 여덟 살에 불과한 에릭은 야뇨증에 시달린다.

1914년   10월 2일 자 〈헨리 & 사우스 옥스퍼드 스탠더드〉 지에 '깨어나라! 영국의 젊은이여'라는 시를 발표한다.

1917년   3월, 웰링턴에서 1년 동안 공부하다가 이튼스쿨에 왕립 장학생으로 입학한다. 지방 신문에 시를 두 편이나 싣고, 역사 퀴즈 대회에서 이등상을 받고, 학업성적이 우수한 결과다.

1918년   폐렴으로 고생한다.

1921년   이튼스쿨에 다니면서 계급차별을 뼈저리게 체험한다. 약하고 못생겼다는 열등감에 시달리며 자신을 실패한 인생으로 규정한다. 그리고 이런 사고방식에 평생 시달린다. 결국, 공부에 재미를 잃고 167명 가운데 138등이란 성적으로 졸업하는데, 이런 성적으로는 옥스퍼드에 갈 수 없어서 아버지와 마찬가지로 식민지 관료라는 길을 선택한다. 아직은 영국 제국주의와 식민정책이라는 속성을 모를 때였다. 실제로 이튼스쿨의 교육 목표는 학생을 식민 관료와 군인과 제국주의자로 만드는 것이고, 오웰 역시 여기에서 벗어날 수 없었다.

1922년   6월에 경찰시험을 1주일 동안 치러서 합격한다. 동년 11월 27일부터 인도제국 경찰로 미얀마 양곤과 16km 떨어진 지역에서 부 총경으로 근무한다. 당시 버마는 영국인 경찰 간부 90여 명이 현지인 경찰 13,000여 명을 관리하고, 그들이 1,300만 인구를 통제했다. 하지만 오웰은 영국인 간부 특유의 영국식 사교활동에 끼어들지 않고 고독하게 지낸다.

1927년   5년에 걸친 식민지 관리 생활에서 인간이 인간을 지배하는
행태에 깊이 혐오하다가 휴가를 받아 귀국하고 사직한다. '압
제의 일원'으로 '양심의 가책'을 느끼고 '실패하는 게 유일한
미덕' 같던 시절이었다. 안정적인 신분을 포기한 거다. 당연
히 가족이 반대했으나 에릭은 글을 써서 먹고살겠다는 선언
과 함께 집을 뛰쳐나와 런던 빈민가 노팅힐에서 자취하며
뜨내기 생활을 시작한다.

1928년   경찰관 사직서가 수리되자, 작가의 길을 걸으려 마음먹고
자신이 흠모하던 잭 런던의 논픽션 '심연의 사람들'을 그대로
체험하고자 이모가 사는 파리로 가서, 빈민가 허름한 호텔
방에 묵으며, 접시닦이로 하루 13~17시간 일하거나 영어
개인교수 등으로 빈곤하게 살아간다. 12월 29일, 자신이 쓴
글 '싸구려 신문'을 산문 형태로 영국 신문지 〈G.K. 위클리〉
에 처음 발표한다.

1929년   여름, 도둑이 들어서 돈을 전부 훔쳐가, 호텔에서 접시닦이로
힘들게 생활한다. 런던 친구에게 취직자리를 부탁한다.

1930년   병만 얻은 채 일 년 만에 영국 런던으로 돌아간다. 일 개월
동안 런던 빈민가에서 부랑자들과 함께 노숙자로 생활하고
시골을 떠돌다, 켄트에서 이삭줍기 노동을 하루에 열 시간씩
3주 동안 한 뒤에 런던으로 돌아온다. 파리와 런던에서 접시
닦이를 하고 구빈원을 돌아다니며 체험한 내용을 바탕으로
〈파리와 런던의 밑바닥 생활〉을 집필한다.

1931년   8월 초, 파리와 런던에서 궁핍하게 생활한 경험을 사실적으로
묘사한 처녀작 〈파리와 런던의 밑바닥 생활〉 원고를 조너선

케이프 출판사에 넘긴다.

1932년   햄스테드 서점 점원, 호손즈 남자 고등학교에서 교사생활을
시작한다. 이때 엘리노어 자크를 만나서 사랑에 빠진다.

1933년   처녀작 〈파리와 런던의 밑바닥 생활〉을 몇몇 출판사에서 거절,
1월 9일 골란츠 출판사에서 〈조지 오웰〉이란 필명으로 출간
한다. (필명을 사용한 건 작가로서 실패해도 가족이 놀라지
않도록 하려는 조치인데, '조지'는 영국에서 가장 흔한 이름이
고 '오웰'은 서퍼크 지방 오웰 강에서 따왔다.) 비평가들은
높게 평가하고 〈선데이 익스프레스〉는 '금주의 베스트셀러'
로 선정한다. 〈버마 시절〉 집필을 시작한다. 크리스마스를
며칠 앞두고 폐렴에 네 번째 걸려서 옥스브리지 코티지 병원
에 입원한다.

1934년   미얀마에서 체험한 내용을 집필한 소설 〈버마 시절〉을 뉴욕
하퍼스에서 출판한다. 영국에서는 골란츠에서 출판한다. 교
사생활을 하면서 체험한 내용을 바탕으로 소설 〈목사의 딸〉
을 집필한다.

1935년   〈목사의 딸〉을 골란츠 출판사에서 출판한다. 교구 목사관과
여학교 일상을 사회학적으로 분석해서 묘사한 내용이다. 출
간 당시에는 감상적인 중류계급 소설이라는 평가를 받고, 오
웰 자신은 '돈벌이를 목적으로 쓴 멍청한 작품'이라고 혹평했
는데 상업적으로는 괜찮았다.

1936년   영국 북부에서 생활환경에 대한 소설을 쓰려고 1월 31일
북부로 출발한다. 3월 30일에는 북부에서 작업을 마치고 런
던으로 돌아온다. 4월 30일, 서점 점원 생활체험을 엮은 소설
〈엽란을 날려라〉를 골란츠 출판사에서 출판한다. 〈뉴 아델

피〉를 시작으로 다양한 잡지사에 글을 기고한다. 골란츠 출판사 사장 빅터 골란츠가 회장으로 활동하던 '좌파독서클럽' 의뢰로 1월 말에 북부 셰필드, 맨체스터, 리즈, 위건 등, 탄광 및 공업 도시를 차례로 방문해, 고통에 시달리는 노동자 생활을 살핀다. 6월, 하숙집 주인에게 소개받아 아일랜드계 여인으로 대학원에서 심리학을 공부하던 아일린 오쇼네시와 결혼한다. 평생에 걸친 사상적 동반자를 만난 것이다. 오웰은 부인과 함께 런던을 떠나 하퍼드 주에서 잡화점을 하며 작가생활을 계속한다.

1936년   7월에 스페인 내전이 발발하자, 12월에 섹커 출판사에 지원받아 "파시즘과 맞서 싸우고" 스페인 내전을 보도하고자 바르셀로나에 가서 무정부주의 조직 '마르크스주의 통일노동당(POUM)' 민병대에 입대한다. 정당 노선에 특별히 공감한 건 아니고 파시즘에 맞서 싸우는 대의명분은 똑같으니 어디라도 상관없다는 순진한 생각이었다. 당시 카탈루냐 지방은 공화파가 장악해서 노동자 나라 같은 분위기가 강했다. 영국 북부의 참혹상을 생생하게 겪은 오웰은 여기에서 인간에 대한 희망을 발견한다. 계급차별이 없는 거다. 장교나 사병이나 모두 평등한 대우를 받았다. 하지만 의용군 조직은 형편없고 오웰은 총알도 제대로 안 나가는 소총 한 자루만 들고 아라곤 전선에 배치된다. 그런데 전선이라는 곳은 똥과 쓰레기 냄새만 진동하는 허허벌판이고, 진짜 적은 눈에 띄지도 않는 파시스트가 아니라 밤마다 뼛속 깊이 파고드는 추위였다. 전투가 넉 달 넘게 없는데도 추위와 굶주림으로 많은 사람이 죽어나갔다. 민주주의 수호라는 대의명분을 믿고 이역만리에서 스페인으로 달려온 껑다리 영국인은 환멸을 느낄 수밖에 없었다. 한때나마 식민지에서 경찰로 근무한 오웰에게 무기도, 군기도, 사명감도 없는 의용군 동지는 그야말로 오합지졸이었다. "어떤 날 밤엔 소년단원 스무 명만 공기총으로 무장하고 달려들어도 우리 진지를 단번에 쓸어버릴 거라는 생각이 들었다. 아니, 빨랫방망이를 든 소녀단원 스무 명만 있어도 충분할 것 같았다." 스페인 아라곤 전방 참호에서 115일 동안 생활하며 파시스트와 싸우던 오웰은 마드리드 국제여단에 가담하려고 전선에서 물러난다. 국제적인 연대를 통해 공화파가 승리하는 데 이바지하고 싶었다. 그러나 바르셀로나 전역에서 혁명 기운은 이미 사라지고 계급은 다시 살아나는 분위기였다. 공화파는 각종 노선 차이로 격하게 대립하고 POUM이 점거한 전화국을 빼앗기 위해 같은 편이라고 할 수 있는 공산당이 총격을 가하는 사태까지 벌어졌다. 스페인 공산당이 소련의 배후 조종을 받으면서 통일노동자당을 음해하고 탄압한 것이다. 오웰은 코민테른에 지시받던 국제여단 참여를 포기하고 POUM 소속으로 전투에 참여한다. 평등하던 부대에는 계급이 생기고 오웰은 소위가 되었다. 그리고 열흘째 되는 날 새벽 5시경, 껑다리 영국인은 보초를 교대하려고 준비하다가 적군이 쏜 총알에 목을 관통당한다. "한마디로 말해서 온몸이 폭발하는 느낌이었다. 꽝! 소리와 함께 사방에서 빛이 번쩍거려 앞이 안 보였다. 엄청난 충격을 느꼈다. 통증은 없었다. 거대한 충격만 느꼈다." 훗날 오웰은 '총알에 맞은 게 총알에 안 맞은 것보다 행운'이었다고 회고한다. 하지만 스페인 공산당은 오웰을 트로츠키파로 의심하고,

아내 아일린은 가택수색까지 당한다. 결국, 부부는 야간열차를 타고 스페인을 간신히 빠져나온다. 조지 오웰이 전체주의 파시즘의 위험성을 뼈저리게 느낀 시기다.

1937년　3월 말, 하층 노동자 생활실태를 기록한 〈위건 부두로 가는 길〉을 골란츠 출판사에서 출판. 1부는 과도한 공업화로 피폐한 랭커셔와 요크셔 생활실태 및 가계를 조사한 내용이고 2부는 자신이 사회주의자로 변하는 과정, 사회주의가 성공하려면 사회주의를 공격해야 하는 이유 등에 초점을 맞춘다. 북부에서 생산한 석탄이 북부 사람을 착취해서 남부를 풍요롭게 하는 과정, 민중이 사회주의가 아니라 파시즘을 지지하는 이유, 마르크스주의자들이 교조적으로 마르크스주의를 맹신하고 소련을 숭배하며 민중과 동료를 비판하는 모습 등을 보여준다. 당시 소련은 중앙 유럽에 진출하고 나치는 동유럽을 침략했다. 영국 좌파 지식인은 노동운동보다 공산당을 지지하는 친소경향이 강하고 보수파는 나치가 공산주의 확산을 막아줄 거라고 기대했다. 그런데 오웰은 나치도 스탈린도 전체주의라며 비판한 거다. 영국으로 돌아온 오웰은 하퍼드 주 월링턴에서 잡화점을 다시 열고, 채소를 재배하고, 닭과 염소를 기르면서 스페인 내전을 다룬 〈카탈루냐 찬가〉를 집필한다. 하지만 스페인 공산당을 비판하고 코민테른에 무조건 동조하지 않았다는 이유로 여러 출판사가 거부한다. 친한 친구 골란츠마저 출간을 거부한다.

1938년　〈카탈루냐 찬가〉를 섹커 출판사에서 출판한다. 〈카탈루냐 찬가〉는 어리석은 전쟁과 스페인 민중에 대한 애정이 가득 담긴 르포문학의 걸작이다. 당시 정치 상황까지 분석해서 스페인 내전을 미시적이면서도 거시적인 관점으로 바라보았다. 그러나 오웰이 죽을 때까지 초판이 안 팔릴 정도로 철저하게 무시당한다. 마케팅능력에 한계가 있는 작은 출판사에서 출간했기 때문이다. 육체적 정신적으로 탈진한 오웰은 폐결핵이 재발해, 9월에 프랑스령 모로코로 가서 요양하며 겨울을 보낸다.

1939년　　봄, 모로코에서 월링턴으로 돌아온다. 전쟁을 예고하고 경고하는 소설 〈숨 쉬러 나가다〉를 골란츠 출판사에서 출판한다. 9월, 2차 세계대전이 발발하면서 오웰 부부는 런던으로 올라온다. 육군에 입대하려 하지만 건강 때문에 거부당한다.

1940년　　3월, 평론집 〈고래 뱃속에서〉를 골란츠 출판사에서 출판한다. 중산층 외판원으로 살다가 고향으로 돌아가지만, 마음 둘 곳은 어디에도 없다는 내용이다. 산업화로 인해 우리가 잃은 것에 대해 집요하게 파고든다. 이런 분위기는 나중에 묵시록적 소설 〈1984〉로 이어진다. 6월, 신체검사가 까다롭지 않은 민방위대에 자원해서 중사로 복무한다. 일주일에 하룻밤씩 군수공장에서 자원봉사한다.

1941년　　좌익신문에 '런던통신'을 기고한다. 가을, 영국 BBC 방송국에 들어가서 동양총국 인도 전담 프로듀서가 되어 문예방송 제작 및 진행을 담당한다. 평론집 〈사자와 일각수〉를 섹커 출판사에서 출판한다. 골란츠 출판사에서 발행한 평론집 〈좌익의 배반〉 공동집필에 참여한다.

1942년　　라우드리츠 출판사에서 발행한 평론집 〈승리냐 기득권이냐〉 공동집필에 참여한다.

1943년　　3월, 어머니가 세상을 떠난다. 11월, 건강과 시간 때문에

BBC에 사표를 내고 노동당 주간지 〈트리뷴〉에 문예부장으로 15개월 근무하면서 고정 칼럼 '나 좋을 대로'를 기고한다. 〈동물농장〉 집필에 착수한다. 아내 아이린과 이런저런 의견을 주고받은 덕분에 해학으로 가득한 대중 친화적인 작품이 나온다. 부인 사후에 집필해서 어두운 분위기로 가득한 《1984》와 좋은 대조를 이룬다고 할 수 있다.

1944년 양자를 들여서 '리처드 호레이쇼 블레어'란 이름을 붙인다. 2월, 〈동물농장〉을 탈고하나, 소련을 통렬하게 비판한다는 이유로 출판을 거부당한다.

1945년 3월, 아내 아일린이 자궁 제거 수술 도중에 심장마비로 사망한다. 아내가 사망한 이후에 마음 둘 곳을 못 찾다가 세 명에게 청혼하지만 모두 거절당한다. 그중에 소냐 브라우넬이란 여인도 있는데, 소냐는 나중에 모리스 메를로퐁티와 연애하지만 오래가진 못한다. 〈트리뷴〉 문예부장을 그만두고, 〈옵서버〉 종군기자로 유럽에 갔다가 6월에 독일이 붕괴하는 모습을 목격한다. 전쟁이 끝나기 직전인데도 정부가 언론을 계속 탄압하자 오웰은 '자유방어위원회'에서 활동한다. 8월 17일, 마침내 〈동물농장〉이 영국과 미국에서 출판되어 커다란 호평을 받는다. 2주 만에 초판이 매진된다. 이런 인기에 힘입어, 1년 사이에 '런던 옵서버', '런던 타임스' 등 각종 신문과 잡지에 130편이 넘는 기사와 서평을 쓴다. 귀국 후 〈1984〉 구상에 들어간다.

1946년 5월, 누나 마조리가 짧은 생을 마감하자, 런던 아파트를 처분하고 스코틀랜드 서해안 주라 섬 반힐 농장으로 이주해, 여동생 에이브릴에게 도움받아 양자 리처드를 자연 속에서 키우며

〈1984〉 집필에 몰두한다. 수필집 〈비판적 수필〉을 출간.

1947년　예비학교 시절에 겪은 아픈 추억을 강렬하게 묘사한 수필 〈정말, 정말 좋았지〉를 쓴다. 〈1984〉를 거의 완성하지만, 폐결핵 악화로 글래스코 인근 병원에 입원한다. 이런 심정은 하지정맥류를 앓는 소설 속 주인공 윈스턴으로 나타나고, 소냐 브라우넬의 생기발랄한 이미지는 줄리아로 나타난다.

1948년　봄, 퇴원하고 반힐로 돌아와서 연말에 〈1984〉를 탈고한다. 1948년은 조지 오웰에게 극히 암울한 시대였다. 몸은 망가질 대로 망가지고, 미국과 소련은 핵무기 개발에 박차를 가하며 냉전체제에 들어가고, 소련 강제노동수용소에서는 나치 강제수용소 이상으로 끔찍한 사태가 벌어진다. 1948년에서 '48'을 거꾸로 돌린 〈1984〉라는 표제 자체로 절망적인 상황을 상징했다. 원고를 섹커 출판사에 보낸 뒤, 스코틀랜드 요양원에 다시 입원한다.

1949년　9월, 병세가 심해서 런던 유니버시티 칼리지 병원으로 옮긴다. 시월에 잡지사 편집자 소냐 브라우넬과 병실에서 약식으로 결혼한다. 〈1984〉를 섹커 출판사에서 출판한다.

1950년　병세가 호전되어 스위스 요양원으로 떠나려 한다. 1월 23일 유니버시티 칼리지 병원에서 심하게 각혈하다가 급사한다. 유언에 따라 템스 강 언저리 '올 세인츠 성공회 교회' 공동묘지에 안장한다. 묘비에 새긴 글귀는 '에릭 아서 블레어 여기 잠들다. 1903년 6월 25일 출생. 1950년 1월 21일 사망'이 전부다. 산문집 〈코끼리를 쏘다〉를 섹커 출판사에서 출판한다.

평론가 존 스트레이치가 묘사한 바에 의하면, 조지 오웰은 '길쭉한 몸이

해골처럼 여위고 흉한 얼굴은 상상력이 빛나는’ 사람으로 영국 요리와
맥주와 인도 차와 석탄불을 좋아하지만, 대도시와 자동차, 라디오, 소음,
깡통 음식을 싫어했다.